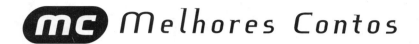 Melhores Contos

Breno Accioly

Direção de Edla van Steen

© Breno Accioly, 1984

2ª EDIÇÃO, 2000

Diretor Editorial
JEFFERSON L. ALVES

Capa
ESTÚDIO NOZ

Revisão
SONIA RANGEL
MARIA GORETTI PEDROSO
VIRGÍNIA A. THOMÉ

Produção Gráfica
MILTON M. ISHINO

Dados Internacionais de Catalogação na Publicação (CIP)
(Câmara Brasileira do Livro, SP, Brasil)

Accioly, Breno, 1921-
  Os melhores contos de Breno Accioly / seleção de Ricardo Ramos. – 2ª ed. – São Paulo : Global, 2000. – (Os melhores contos ; 3)

  ISBN 85-260-0297-X

  1. Contos brasileiros I. Ramos, Ricardo, 1929- II. Título.

84-0890   CDD–869.935

Índices para catálogo sistemático:

1. Contos : Século 20 : Literatura brasileira 869.935
2. Século 20 : Contos : Literatura brasileira 869.935

Direitos Reservados

 GLOBAL EDITORA E DISTRIBUIDORA LTDA.

Rua Pirapitingüi, 111 – Liberdade
CEP 01508-020 – São Paulo – SP
Tel.: (11) 3277-7999 – Fax: (11) 3277-8141
E.mail: global@dialdata.com.br

 Colabore com a produção científica e cultural. Proibida a reprodução total ou parcial desta obra sem a autorização do editor.

Nº DE CATÁLOGO: **1474**

 Melhores Contos

Breno Accioly

Seleção de Ricardo Ramos

A CHAMA DA ANGÚSTIA HUMANA

A Geração de 45 no conto ainda não mereceu, como na poesia, estudos capazes de traçar ao menos suas linhas mestras. Sem dúvida foi um momento de reflexão e retomada, uma espécie de entreato, mas onde couberam a preocupação estética, o retorno intimista, a libertação dos padrões de época. Seria tudo isso apenas formalismo? Nunca nos pareceu, e principalmente agora, quando podemos examinar com a devida perspectiva os frutos que deixou. Ao contrário do que então nela se criticava, em particular uma suposta vocação para o fechado e estéril, teve além das suas inegáveis contribuições até mesmo um sentido de confluência. De outro modo, não haveria agrupado perfis literários tão diversos como Murilo Rubião *e* Lygia Fagundes Telles, José Condé *ou* Breno Accioly.

É possível que Breno Accioly *seja, na sua personalidade de contista, o mais representativo da postura de 45. Ele trazia uma forma nova, em escrita e estrutura, como que uma coerente desordem. O íntimo das suas personagens vinha menos da análise e mais em lampejos, se exercia antes na descoberta que na revelação. E quanto aos módulos, que ressumavam o estabelecido, fatalmente os quebrava. Para nos oferecer um social enviezado, todavia claro, ou confundir os planos da narrativa dentro de uma realidade toda sua, pois refratária aos códigos conhecidos. O conjunto, no entanto, superava as comuns refe-*

rências de impressivo ou marcante: era pessoal, reconhecível e autêntico.

Ao revisitarmos hoje, mais detidamente, o escritor Breno Accioly, vemos que dele o principal já foi selecionado e dito. Seus contos em antologias, aqui e no estrangeiro. Sua prosa esmiuçada, por ensaistas que o entenderam e anunciaram. Em torno do contista, logo nos seus começos, ergueu-se um verdadeiro monumento crítico. E porque algum tempo já nos separa de tais estudos, que distantes podem esmaecer e apagar traços importantes dos contornos de um autor, vale a pena lembrá-los. Como reconstituição e homenagem.

Gilberto Freyre localizou no mundo de Breno Accioly um território fronteiriço, mutável, cuja compreensão resiste ao conhecimento puramente científico ou lógico, para chegar à excelente formulação de que se trata de uma realidade rebelde. Já Tristão de Athayde viu esse trecho do contista como passagem, nublada mudança interior, um "terrível campo de transição entre a luz da consciência e a outra luz da insanidade". No dizer de José Lins do Rego, seria o seu "poder tremendo de revelar o estranho da natureza". No de Graciliano Ramos, estaria ligado à terra onde o autor nasceu: "espinhosa, não se adapta a medidas, cresce fora da lei". Para Sérgio Milliet, um "superrealismo trágico"; para Adonias Filho, um "subjetivismo mágico". Octávio de Faria *notou que ele oscilava entre polos,* "poesia e crueza, força criadora e riqueza de imaginação, estilo e liberdade gramatical, contenção e desperdício". *E* Mário de Andrade *o resumiu:* Breno Accioly *de um nada fazia um conto e acendia numa vela a chama da angústia humana.*

Esta seleção de contos nos dará, certamente, as dimensões todas de um escritor. Rico, fundo, agreste. Principalmente forte. De uma força que não é apenas de palavras, suas desencadeadas vagas verbais, mas também de criaturas, enredos e dramas, que nos sacodem tanto pela fabulação quanto pelo inesperado. As gradações são muitas, vão do vigor à violência. Expondo um sistema duramente, o sofrimento que impõe às pessoas, num cortejo de permanente agonia. Crianças e prostitutas, usineiros e agregados, funcionários e figuras avulsas da paisagem que se desdobra no mar de canas, no mar de sargaços, eles e seus roteiros escuros sob o sol a pino. Os contrastes, as alternâncias, brisa lambendo o suor. Uma tortuosa humanidade se recortando contra a seiva do fundo colorido.

Com quatro livros de contos, Breno Accioly *criou o seu universo. Em* "João Urso" *ele foi o artífice dos caminhos iniciais, desde o menino entre espantos ao jovem que esboça projetos, no entanto sujeitos a tantos enígmas ao redor.* "Cogumelos" *tece tragédias, aguçado feito faca, nele há uma presença de povo que se estende e situa, encruzilhada de lutas ou confrontos.* "Maria Pudim" *se espraia, panorâmico sai de Alagoas, volta, tem as pinceladas largas de quem busca no global entender, reflexivo mas bloqueado.* Enfim "Os Cata-Ventos" *retoma o fio inaugural, só que tocando as raias do paroxismo, por mais que se conduza ao desfecho as interrogações o tumultuam.* No *seu ritmo acelerado, curtamente explica o conjunto da obra: conflito.*

Cerca de duas décadas passadas sobre a morte de Breno Accioly, *lemos agora as mortes que ele escreveu. De um coronel, de uma louca, dos acompanhantes de dois enterros. É como se fôssemos as sentinelas dos seus velórios, que rezam o fim de um tempo e dos que o povoam. Para nós (conterrâneo, amigo, irmão de opa), essa leitura crítica tem muito da memória e do reencontro de um contemporâneo. Nela estão uma fase literária e sua significação, um escritor e seu mistério, as procissões e os encontros que passados animam o presente. Isso tudo fazendo ressurgir* Breno Accioly, *autor e personagem dos seus contos.*

RICARDO RAMOS

CONTOS

JOÃO URSO

Os morros são fardos rompidos. Por lá saltam ecos de fortíssimas vozes, mas a cidade é um enorme silêncio de pesado sono, de um sono estremecido pelas bocas das serras. E parece que a noite das serras é diferente da que mergulha a cidade.

Naquela, são as cores vermelhas dos relâmpagos, trovões arrebentando em gritos enormes, árvores tingindo-se rapidamente e rapidamente voltando ao verde de suas folhas.

E nenhuma estrela arde sobre os morros. Todas elas estão velando distantes.

Ao longe ficaram os ventos, as nuvens raivosas, cores incendiadas. Dir-se-ia que a cidade fosse uma pessoa assistindo a um espetáculo e que, por estar nas últimas cadeiras, manejasse binóculo.

João Urso, talvez nunca tenha visto binóculo. Mas parece defender os olhos, fazendo das mãos um anteparo contra aquela claridade agressiva.

Debruçado à janela, João Urso vê os seculares morros lutando contra a fúria dos elementos, e até se esqueceu daquela tristeza que sempre o acompanha.

O motor adormeceu as luzes. Somente os vultos brancos das torres da matriz se salientam, nítidos — cones suspensos, imóveis, ferindo a noite.

O muro do hospital e seus pavilhões também são manchas visíveis, embora mais fracas, e se não tivessem pintado a cadeia de vermelho, seria outra mancha a se destacar, um ponto gordo, de velho telhado, dormindo com suas castigadas paixões.

João Urso suspende a gola do pijama, esfrega as mãos.

Os gameleiros, as caraiberas, todas as árvores da cidade, da beira do rio, estão quietas, sem vento algum a sacudir ramos, a girar o pequeno cata-vento do posto de meteorologia.

Canoas presas em forquilhões, como se estivessem sobre-carregadas e não pudessem rumorejar. São enormes abandonados tamancões.

As ruas sem bêbados, sem notívagos, nenhum cachorro uivando.

O espetáculo das serras, somente João Urso a ele assiste. Quando os relâmpagos, mais fortes, entram com uma vermelhidão pela janela, fazem doer-lhe os olhos; por um instante mostram pedaços da sala de jantar: cadeiras retratadas num espelho oval, um metro de parede preenchido por um quadro do Sagrado Co-ração de Jesus, um Deus de manto azul e vermelho, sustentando na mão esquerda o globo do mundo, a direita repousando sobre o peito como se estivesse aliviando uma profunda dor. E quantos retratos dos antepassados de João Urso ficam tingidos, sangrando na luz dos relâmpagos!

Como o velho piano pareceu ensangüentado!

Quando os relâmpagos avançam pelo lado do rio, a cristaleira parece ficar com as taças cheias de vinho, de vinho de uma estra-nha festa, que ninguém quis beber.

João Urso suspira. Baixa o rosto para a cidade, suspende os olhos para ver as torres, as estrelas ardendo. Sim! Aquelas torres, aqueles sinos! Solta outro suspiro. Quanto tempo, quanta lembrança!

E fixa os olhos como se de verdade estivesse vendo os sinos dentro dos cones das torres, os sinos repicando, acordando a cida-de, anunciando uma tromba d'água.

Desde pequeno gostava de pensar em coisas desse jeito. Coisas que alarmassem, fizessem correr pela sua espinha arrepios de medo. E como seria bom se uma tromba d'água caísse, fizesse um buraco no chão que para se ver o fundo fosse preciso lanterna!

Uma tromba d'água que arrancasse telhados, decepasse pelo meio a estátua do Imperador, quebrasse as correntes da cadeia, as barras de ferro que retalham os rostos dos presos quando vão ver a rua! João Urso chegou a rir. A rir como rira toda a infância, um riso que ninguém compreendia, que fez muita gente chamar-lhe de maluco.

Ele mesmo nem sabia explicar. Quando via, era a mãe gritando-lhe aos ouvidos, contrariada, aborrecida por querer saber a origem daqueles esparsos, inexplicáveis risos.

João Urso começava a chorar. E horas inteiras ficava de castigo, trepado num tamborete de pernas altas.

As horas corriam lentas, lentas. De castigo, as mãos de João Urso sustentavam um livro de sonetos, e quantas vezes João Urso decorou versos de amor, postou-se diante da mãe para recitar o castigo!

Às vezes, antes de terminar o soneto a voz de João Urso parecia ter fugido; a boca se lhe rasgava mostrando aqueles dentes cheios de limo, as bochechas se arredondavam e cheias espremiam os olhos, transformavam o rosto de João Urso, enquanto ele ria aquela oculta e misteriosa satisfação.

— Volte já para o banco, seu maluquinho. Mais três, ouviu?

João Urso sabia que "mais três" significavam mais três sonetos a decorar.

Trepava novamente e voltava à realidade muito tempo depois, as pernas pendendo do tamborete alto.

De repente os ecos dos risos de João Urso atravessavam os corredores, enchiam o quarto, venciam a monotonia do imenso sobrado, todo de pedra, de largas paredes, avançando para as bandas do rio um enorme quintal. Como dormisse no quarto vizinho, noites acordou ouvindo alguém chorar. Certificou-se de que era a mãe.

Encostou o ouvido, mas a parede de compactos blocos somente deixava ouvir tudo longe, muito distante.

Mas, mesmo sem ter certeza, João Urso ficou acreditando que o choro noturno de sua mãe era por causa de seus risos que tanto ele amava. João Urso ficava radiante, tremia de prazer, sentindo aquele friozinho descer e subir pela linha da espinha dorsal antes de invadir-lhe o corpo de repetidos choques.

Certa vez, apareceu uma visita acompanhada de crianças. Foram brincar no sótão. Debaixo ouviam gritos alegres de uma matinada, mas de repente uma longa gargalhada sufocou todos os ruídos, estremeceu as crianças que dantes pulavam arcas, brincavam de esconder atrás de armários, de esteiras, ocultando-se em vãos de portas, na escada de estreitos e sombrios degraus.

As crianças começaram a chorar como se estivessem a pedir socorro.

Ao meio do corredor, João Urso era um vulto rindo nervosamente, rindo às gargalhadas, enchendo de pavor as crianças que continuavam a chorar, chamando pelos pais, pedindo o socorro de alguém.

Eram crianças chorando como se ouvissem vozes do outro mundo, gargalhadas de uma assombração terrível.

Pensou ser castigado, ficar uma tarde inteira trepado no tamborete, ter de decorar muitos sonetos, de agüentar puxavantes, gritos da mãe.

Desceu muito triste, e tristemente olhou da janela a rua escaldando no calçamento de lajes enormes, subindo como se quisesse alcançar os morros, donde voltavam os jumentos que iam roubar água do rio.

E João Urso sentiu o coração disparar, encher-se de ódio e ao mesmo tempo de covardia.

E se em vez de ser castigado fosse à igreja, disputasse uma lanterna que caminhava devagar na via-sacra, iluminando? Era impossível. Mesmo que pudesse ir à igreja, não poderia segurar nenhuma lanterna. O padre proibira. As beatas se encheram de jaculatórias, de sinais-da-cruz, e soltaram muitas vezes a palavra "excomungado".

João Urso, de lanterna em punho, ria à solta, tremia numa convulsão de estranho riso, como se suas mãos tivessem transformado a lanterna num globo, girando a bola do globo qual um menino de circo, uma acrobata de poderosas mãos.

A via-sacra fora interrompida.

Todos se afastaram, o padre de breviário aberto, os olhos pesados de espanto, o terço abandonado no braço direito como uma força inútil.

As roupas brancas das filhas de Maria guardavam virgindades perplexas, aterrorizadas ante as gargalhadas de João Urso girando a lanterna, as colunas da nave respondendo aos gritos nuns ecos abafados, ecos que se sumiam por trás de altares, de púlpitos, subiam para o alçapão do coro pela caixa da escada.

E no meio daquela satisfação misteriosa de João Urso, aspergiram água benta, enquanto o padre, de longe — todos de longe — rezava em latim. João Urso bem se lembra daquela tarde, daquela água benta que secou nos punhos azuis de seu marinheiro, na gola de belbutina bordada de âncoras. Ele não havia esquecido tampouco o padre, as beatas, toda a cidade.

Sant'Ana do Ipanema era uma voz que tudo transmitia, que não sabia guardar o mais sério dos segredos. Gente da redondeza soube dessa história. E nas feiras, no açougue, na Prefeitura, nas casas das mulheres da Rua do Sebo, falavam da doença de João Urso. Imitavam-lhe as gargalhadas, rasgavam o silêncio das noites arremedando-lhe os risos. Era moda rir como ria João Urso.

Pensou no castigo, e logo tirou da cabeça a idéia da via-sacra. Tinha certeza, absoluta certeza, de que a mãe iria castigá-lo, prendê-lo no tamborete de pernas altas, encher-lhe as mãos de sonetos — de ternos sonetos que deveria recitar sem nenhum erro.

Esperava pela punição. E como se fosse um condenado de poucos instantes de vida, deixou-se ficar à janela, os olhos subindo com a rua, descendo pelo lado oposto, perdendo-se nas viagens de carros de boi chiando nas estradas. As lajes espelhavam e o rio de águas mortas como se se tivessem estagnado se transformava num pântano onde canoas apodreciam.

João Urso pressentiu os passos da mãe. Como procurasse defender as orelhas, enrodilhou os braços, afundando a cabeça. E esperou. Esperou tanto tempo que se volveu.

E com espanto viu a mãe, chorando, avançar os braços, estreitá-lo num longo e maternal abraço, chorando sempre, umedecendo-lhe os cabelos num pranto, procurando-lhe a boca, os olhos, para cobri-los de repetidos beijos.

No canto da sala o tamborete tornava-se uma sombra amiga como as dos móveis. Terminava o sofrimento do tamborete, de decorar sonetos.

Mas, em vez de João Urso chorar, acompanhar os soluços da mãe, encheu de gargalhadas todo o sobrado, rindo nervosamente como rira na igreja, como rira espantando no sótão as crianças, qual se estivesse a despedir-se de um castigo, a afastar-se de uma odiosa prisão.

E nas escolas, professoras diziam assim quando pegavam alguém rindo sem razão, sem ver por quê:

— Será que está com a doença de João Urso?

E nenhuma escola quis ensinar-lhe.

* * *

Parece que por lá tudo se incendiou. Relâmpagos retalhando serras, ensangüentando árvores, debruçando manchas sobre a cidade, manchas de amplos reflexos que são nódoas de sangue nas torres da Matriz, nos poucos sobrados, nos muros do cemitério. Dir-se-iam lanternas, estranhas lanternas que atormentassem a cidade com seus olhos vermelhos, apagando, acendendo, rapidamente apagando.

E o peito atrofiado, as mãos pequenas, a cabeça descomunal, o João Urso que o parapeito da janela não pode ocultar, também é uma nódoa.

As serras devem ter aprisionado os trovões. João Urso não ouve mais bocas se arrebentando como se quisessem rasgar o céu, explodir todos os segredos dos morros.

Agora, ele é somente tingido pelos relâmpagos, assanhado pelo vento, embalado pela cantiga da chuva que começou a cair. E ouve nas sarjetas a chuva marulhar, descer pelas lajes o canto de um pequeno rio, a força do vento inclinar cabeleiras e árvores chorarem o pranto de cabeleiras revoltas, desalinhadas.

João Urso solta outro suspiro.

Desce a vidraça. E fica vendo a chuva lavar o vidro, rolar rápidos pingos que se perdem nos caixilhos da janela.

Agora, ele mal percebe a cantiga da chuva. A vidraça só permite que ele veja os relâmpagos, ouça longes sussurros de árvores agitadas, uma chuva de pingos enormes martelar os telhados, descer pelas lajes vertiginosamente.

João Urso está a ouvir tudo a distância, tudo pela metade, como se o silêncio do sobrado o houvesse envolvido, aprisionando-lhe os sentidos nos gavetões de cômodas, nos armários de tábuas escuras; passa as mãos nos cabelos, modela a cabeça disforme de um corpo franzino. Quanto tempo!

Um relâmpago mais forte atravessa a vidraça, enrubescendo o retrato da mãe de João Urso. E o retrato pareceu avivar a mãe de João Urso nas tardes de março, naquelas silenciosas tardes de repouso em que subiam os morros, João Urso aspirando docemente. O médico recomendara aspirar mui de leve, e assim João Urso fazia. A mãe descansava numa sombra, as mãos inúteis, os dedos sem rebolarem as agulhas de crochê. E quando percebia João Urso largar o canivete, aborrecido de escrever seu nome nos caules, ela enxugava o rosto, umedecia a manga da blusa balançando a cabeça.

Isso fora depois dos castigos, depois de João Urso decorar muitos sonetos, ficar horas perdidas trepado no tamborete. Ela pensava que os risos de João Urso fossem insubordinação, desobediência. E somente depois do escândalo da igreja, de as crianças chorarem amedrontadas no sótão, depois de toda a cidade arremedar João Urso, de escolas negarem-lhe matrícula — só depois disso tudo se lembrou de chamar um médico. E a receita foi respirar o ar puro das serras, respirar bem de manso, "como se estivesse dormindo". O médico falava assim: "como se estivesse dormindo" — e quantas vezes João Urso viu a mãe alheia a tudo, falando sozinha, balbuciando irreverentemente: "como se estivesse dormindo... como se estivesse dormindo!"

Quantas vezes a mãe, rezando as matinas, encaixava, sem perceber, aquela frase do médico! Quantas vezes! E João Urso respirava como se estivesse dormindo, obediente, chegando mesmo a se deitar sobre as folhas, fingir adormecer. Como João Urso não deixasse de rir, uma viagem de cavalo, depois do trem, afastou-o das serras, dos comentários, da mãe, que ficou acenando, cheia de lágrimas, acenando até os cavalos se perderem.

Os especialistas se espantaram, consultavam-se em junta médica. Nunca tinham visto daquilo, nunca nenhum tratado revelara tal doença. E João Urso continuava rindo, soltando enormes gargalhadas, gritos agudos que corriam pelos pavilhões como gritos de estranho pássaro ferido.

Proibiram João Urso de ler as cartas da mãe. Nada de emotividade, nada de sentimento. Os médicos viam em João Urso um doente precioso.

Escreveram para a Europa consultando sumidades; multiplicavam-se remédios e um armário se encheu de frascos rotulados: — "Tratamento de João Urso".

E ficavam desolados, completamente perdidos, quando, depois de um novo remédio, João Urso ria-se como se estivesse junto da mãe, subindo as serras para respirar mais puro.

Um, dois, cinco anos, João Urso ficou no sanatório, cinco anos de Natal despercebido, ausente das vésperas de São João que ele as esperava ansioso, contando os dias. Voltou sorrindo pior, muito pior do que quando fora, galopando, varando o mundo das caatingas, viajando no trem de Quebrângulo.

Recife é do lado de lá.

O braço do pai abria uma curva, como se quisesse abraçar os serrotes, filhotes de dromedários nos morros verdes.

Tal gesto parecia dizer: — Estamos longe —. Metiam a chibata, esporeavam, e os cavalos alargavam as passadas, relinchavam, as ancas molhadas de suor como se tivessem acabado de atravessar um rio. Depois, o trem de Recife correndo léguas inteiras de canavial, mostrando usinas de compridos bueiros. João Urso deslumbrava-se. O calor e a poeira eram-lhe indiferentes. O pai ia dizendo-lhe os nomes das terras, contando histórias daquelas usinas. João Urso suspendia a cabeça disforme e encontrava nos olhos do pai o brilho dos aventureiros. Quando conheceu o pai já sabia falar, todos os dentes já lhe haviam nascido. E, às vezes, via a mãe, debruçada à janela, esquecer-se na varanda a olhar as estradas, com o olhar distante procurando aquele vulto que ela tanto sabia distinguir.

E um dia, ao acordar, viu a mãe dizer para um homem alto, de ombros fortes, cheio de sangue:

— Este é João Urso, seu filho!

E sentiu que as mãos daquele estranho, daquele homem que sua mãe dizia ser seu pai, eram duras como pedra, encrespadas de calos.

18

Depois o pai levou-o para o quarto, abriu malas de couro, canastras entupidas de riqueza. E pela primeira vez João Urso ouviu falar em diamantes, em pedras preciosas, que o pai dizia valerem uma fortuna.

De repente partia, sem avisar, deixando no olhar da mãe de João Urso aquela saudade tão repetida, uma saudade que se normalizava pelas repetições.

Agora, João Urso *voltava*. Viu a mãe trinta anos mais velha, escutou quase silencioso aquele coração que dantes batia forte. Sentiu comoção, uma vontade imperiosa de chorar, de abraçar a mãe aos soluços. Abriu os braços, enlaçou o peito da mãe num violento aperto, e começou a rir-se, a rir-se como nunca havia rido, um riso doente, entrecortado de gritos profundos, de alucinantes gargalhadas.

O médico que trouxera João Urso sentiu-se mal, por um momento viu-se insignificante, arruinado. Mas, em seguida, avançou, fez um gesto de separar os braços de João Urso, afastá-lo do peito da mãe.

Os braços de João Urso lembravam membros de ferro, inflexíveis numa grande força momentânea. João Urso rasgava a garganta, abria fortemente o talho da boca. E quando João Urso terminou de rir-se, as paredes devolviam-lhe os risos nuns ecos distantes como se outros Joões Ursos estivessem escondidos e a ele respondessem.

A mãe perdera os sentidos. E desfalecida, dormindo sob a ação da morfina, tinha sobressaltos, tremiam-lhe as pernas em convulsões, bracejava, soltava tristes grunhidos.

E nunca mais João Urso viu canastras cheias de riqueza, aquelas canastras de couro... Nunca mais sentiu as mãos calosas do pai, nunca mais ouviu falar em diamantes como seu pai falara.

A cidade lembrava o pai de João Urso como quem relembra uma morte poderosa:

— Ele morreu catando ouro nas margens do Rio Prata... Era o homem mais rico de lá. Acendia cigarro com notas de Cr$ 500,00. Tinha um verdadeiro exército de garimpeiros. E era tão rico que foi ser padrinho do filho do Governador.

Outras histórias corriam na boca do povo. Histórias quais contos de fada, inadmissíveis à época.

— A mulher que andava com ele passava um ano sem aceitar ninguém. Ia descansar, refazer-se.

E outra história contava de uma mulher que fora correr mundo, visitar todos os cabarés, viver em Paris como uma princesa, porque o pai de João Urso gostava dela e quisera que ela se fosse distrair.

A vidraça não livra João Urso de ficar tingido numa nódoa de sangue. Os morros são traços vermelhos que trouxeram chuva, uma copiosa chuva martelando os telhados, aumentando o volume do rio. E as águas do rio ficam turvas, cada vez mais encardidas.

Quantas lembranças a memória de João Urso foi buscar, quantas recordações interrompidas! Pedaços de seu triste passado, quantos João Urso reviveu, quantos!

Nem as pêndulas ferem o silêncio do sobrado. Os relógios estão como mapas atrasados apontando horas de outro tempo. Tudo a distância.

E como se estivesse a lançar um derradeiro olhar sobre sua vida, João Urso se vê órfão de mãe, esquecido do pai que há tanto tempo não dava notícia, talvez morto, ou morrendo naquela riqueza de que o povo falava.

Vê-se afastado do mundo, sem mesmo saber se os seus risos eram contagiosos (até no sanatório os médicos tomavam cautela). Vivendo como um bicho que ama as madrugadas, o ermo das ruas adormecidas. E João Urso sentia-se feliz quando algum tresnoitado dava-lhe boa-noite, pedia-lhe fósforo. E era com o olhar cheio de saudade que ele via o vulto se afastar. E também João Urso se afastava, temendo ser reconhecido, medroso de ver o tresnoitado fugir às carreiras, distanciar-se cheio de pavor ao descobrir que ele era João Urso.

Gostava de subir para os lados do cemitério, procurar o posto de meteorologia; e ficava muitas horas ouvindo o catavento girar, marcar a direção do vento naquelas quatro letras que olhavam para os quatro cantos. E uma vez João Urso viu aberta a casa dos aparelhos.

Maravilhou-se diante dos termômetros, dos tubos de mercúrio oscilando magicamente, de manso. Apalpou, encantado, redomas de alumínio. Seus olhos se fixavam àquilo tudo, àquele mundo defendido por tábuas brancas, riscadas de persianas. E sentiu-se dono de um mundo que somente ele visitava às madrugadas. Não se cansava de ver os termômetros, a geografia das constelações traçando caminhos luminosos de cometas, de caudas brilhantes de astros longínquos.

João Urso enfrentava a chuva, o frio, o calor de noites sufocantes. E se nesta noite ele não sai pela madrugada, não é por medo dos relâmpagos, da chuva que não consegue lavar o sangue dos morros. Vontade João Urso tem de ir para junto dos tubos de mercúrio, caminhar debaixo da chuva. Mas, agora, ele é um prisioneiro.

Transformaram o velho sobrado numa prisão. Soldados batem queixo, guardam as mãos nos bolsos do capote. Praguejam. Têm ordem de não deixar entrar nem sair ninguém. Os fuzis são ferros molhados, esquecidos como os soldados dentro desta noite de tempestade. O Delegado falara enérgico na frente de João Urso:

— Se esse renegado tentar fugir, já sabem: fogo.

E atiraram pedra, partiram as vidraças da varanda, gritaram de punhos erguidos, crispados na cólera da multidão. O povo se apinhava, lutava por um lugar defronte do sobrado, querendo linchar João Urso. E lá de cima João Urso ouvia seu nome estraçalhado na boca do povo. Destino? João Urso não atinava com o móvel daquilo tudo. Sim, fora uma imprudência. Ele bem deveria lembrar-se de que todos tinham medo de seus risos. Sempre procurava esconder-se. Mas as luzes do circo pareciam chamá-lo: eram apelos. João Urso ficou indeciso.

A sombra de uma mulher equilibrando-se num trapézio manchava a coberta, desenhava movimentos difíceis.

De longe, João Urso apreciava, acompanhando a sombra, equilibrando os olhos naqueles movimentos estudados, perigosos. Outra mancha estampou na coberta o retrato de uma sombrinha. Era o fim do equilíbrio da morte. Fez-se um grande silêncio. Todos pareciam criaturas mortas, porque ninguém respirava. A bailarina ia saltar para um outro trapézio. A coberta do circo desenhando silhuetas de uma grandiosa função. Uma voz pediu mais silêncio. E todo mundo ficou suspenso, de boca aberta, esperando. O homem do bombo suspendeu o braço para tocar quando se cumprisse o salto da morte. Mas não pode comemorá-lo efusivamente. João Urso havia-se aproximado, chegando à porta do circo. E no momento do salto, quando os pés da bailarina voaram feito duas asas de lantejoulas, de estreitas calças de cetim vermelho, de um porta-seio robusto, nesse momento João Urso soltou um agudo de um riso estrangulado, cortante, talvez o maior riso de sua vida. E a bailarina pareceu um pássaro ferido, um vôo que tombava.

* * *

Mais uma vez João Urso ensangüenta os olhos nos relâmpagos. Aborrece o espetáculo dos morros, a cantiga da chuva martelando as telhas, correndo sobre as lajes.

E sente unicamente o desejo de dormir esperando uma partida para muito longe, uma viagem que nem ele próprio sabe aonde terminar.

Procura a cama, fecha os olhos, guardando dentro deles a geografia incomum das constelações, a matemática dos termômetros amigos, o belo vôo incerto da bailarina...

AS AGULHAS

Balançam-se os sinos e os carrilhões, dobrando, fazem a procissão caminhar como se ela estivesse caminhando ao som das torres.

À frente, distancia-se uma cruz de madeira e, quando já se perdem os cordões das irmandades, dos seminaristas, quando a banda de música de há muito passou — é que vem Poni.

No meio da multidão Poni é um rosto agressivo. Se os seus olhos fitam injetados, pulsa-lhe no coração uma vasta ternura. E todas aquelas rugas, toda aquela harmonia metálica não é mais que um rosto cheio de máscara. Parece que Poni se defende das vicissitudes contraindo os músculos, aparentemente querendo negar a grande ternura que o envolve.

E assim, dando uns passos estreitos, de sobrolho carregado, lá se vai Poni sobraçando foguetes, tragando fortemente o cigarro, enquanto as torres são caixas de música. Poni sempre foi uma presença em todas as procissões. Mas agora toda a cidade o conhece, e Poni parece pertencer a todas as famílias.

Esquecera-se de continuar sendo o telegrafista da estação. Esquecera-se de Alda, esquecera-se de prosseguir decifrando os avisos e o seu antigo boné de listras douradas, atualmente, pertence a um aleijado. Quem passar pela estação poderá ver o boné de Poni se esmaecendo, nenhum brilho cobrir-lhe a pala. As mãos de um aleijado aleijaram aquele boné. Os frisos estão desfeitos e as iniciais G.W. deixaram em seus lugares traços esbatidos. Por que se esquecera de Alda?

Poni não saberá responder, também não saberá qual a resposta para todo o seu mundo esquecido. Esquecera-se de todas as dores, de todos os inimigos e agora vive nas igrejas, manhãs inteiras ouvindo missas, repicando os sinos dentro das tardes. E quantas léguas Poni venceu acompanhando romarias, quantas? Poni: uns braços que terminam em débeis mãos; Poni: um corpo minúsculo sempre, sempre vestido de preto.

As esquinas quebram a procissão. Colchas rendadas pendem das janelas e, cobertas de flores, as ruas anunciam que é uma tarde de Corpus Christi.

As nuvens pesadas, quietas numa pesada cor branca. Em derredor do pálio, campas de bronze assemelham-se a bocas, e é das mãos de Poni que os foguetes sobem.

Poni acende outro cigarro. A chama do fósforo revela tudo. Quase noite, a penumbra se acentua e, de verdade, pode-se perceber vingança naquele rosto. Antes, qualquer severidade lhe contraindo os músculos seria uma máscara, uma defesa se lhe estampando à face. Mas à luz do fósforo os olhos se revelam mastigados, a pele ressequida, súbitas rugas desenhando nas bochechas ligeiros talhos.

Poni deixa subir mais um foguete. E como se uma oculta força o impusesse a deter-se, Poni fica a ouvir aquela multidão distanciar-se, perderem-se dos ouvidos aquelas vozes que vibravam nas campas. Procura uma calçada e antes que qualquer resolução o domine, Poni estende no chão os últimos foguetes. E fica a olhá-los, sugerindo aquele seu modo de olhar uma eterna lembrança de um último e querido contato. Baixa a cabeça, porém não se pode afirmar que foi devido à força das lágrimas.

E assim, aqueles olhos que choravam sem saber por que, continuaram a chorar enquanto a noite descia, enluarada por uma claridade forte.

* * *

Clara, bem clara, a noite desceu e as estrelas também acordaram brilhando. Nuvens se modificaram, outras chegaram mesmo a fugir, e no espaço um balão teimava em viver. A lanterna havia se apagado. O vento esbofeteava os gomos de papel de seda, zombava do balão, parecia querer matá-lo lentamente, aos poucos, judiá-lo numa morte cruel.

Se Poni não estivesse vivendo noutro mundo, certamente estaria, agora, no meio das crianças, gritando como uma delas, batendo palmas. Porém, o coração de Poni pulsa carregado, opresso por uma vingança bestial. Por isso, Poni não escuta vozes de crianças gritando, nada distinguindo, de nada se apercebendo. O balão agoniza, morre se despetalando, assemelhando-se a uma enorme flor de desconhecido caule que tombasse dos ares à maneira de asas de pássaros fulminados.

Poni levanta-se, pisa os foguetes (que por tanto tempo foram os seus verdadeiros amigos), e uma única e imensa vontade enche-lhe os sentidos. Levanta-se, sem se aperceber que apenas a lanterna do balão obedecera à lei da gravidade.

Vem da esquina um barulho de carambolas. Poni estuga os passos e, como se uma repentina pressa o invadisse, resolutamente afasta-se do bilhar, confundindo-se-lhe a roupa preta na escuridão do beco. Até poucos instantes tudo continuava esquecido. Mas a sua memória começou a soerguer-se. Mas a soerguer-se cada vez mais forte, trazendo-lhe para os sentidos todo um passado hostil.

E Poni chegou a sentir uma estranha saudade, um diferente pulsar doer-lhe pungentemente o peito.

Poni queria continuar vivendo soltando foguetes, rezando ladainhas, benzendo-se diante dos altares; transformando as torres em vozes, em apelos e, para que voltar a ser Sebastião Moreira dos Santos, o antigo telegrafista? Por que teria de abandonar o "apelido" que o povo tão acertadamente lhe jogara?

A memória voltava, voltava. Imperiosa ela voltava, os sentidos apreensivos, os nervos... oh! como estavam os nervos! E a memória lhe trouxera todas as remotas lembranças, até mesmo Sebastião Moreira dos Santos voltara, enchendo de carnes o corpo de Poni. Como um homem que somente depois de doze anos voltasse a se encontrar, a encontrar-se para procurar uma mulher chamada Alda. Se Poni continuasse a ser Poni, certamente agora ele estaria na quermesse, apregoando no leilão, procurando sempre respirar no mundo das crianças; sorrindo na noite de Corpus

25

Christi, achando lindas as lanternas, embevecido à maneira de um órfão. Todavia, dobrando a esquina, mesmo de longe, Poni distingue a rua de Alda caminhar estreita numa interminável fila de velhos e tristes sobrados, numa linha suspensa de sombrias varandas, que de tão sombrias pareciam dormir. Parasitas avançam garras pelos ferros, e quem as olhasse certamente sentiria essa estranha sensação de quem olha ruínas, de quem vê um passado de antigo fausto, de remotas riquezas.

Mais de perto Poni pôde ver que as varandas viviam em silêncio que dantes não existia, como não existiam essas heras desgastando as paredes, essas trepadeiras de cheiro sufocante a subir pelos enferrujados varões.

Cada vez mais Poni se aproxima de Alda, aproxima-se do fim da rua que fica mais estreita. Então as trepadeiras se galgam como se quisessem construir uma ponte, abraçar os semelhantes sofrimentos e mistérios dos sobrados.

O que Alda iria lhe dizer? Como poderia apertar aquela mão depois de doze anos? Poni vence as calçadas estreitas que sustentam postes carcomidos, postes que antigamente as suas cabeças ficavam inflamadas nas luzes dos lampiões, mas que agora vivem apagados, num desprezo. Porém, em seguida, Poni se detém. Detém-se para encontrar palavras que possam explicar, convencer a sua mulher do seu atual estado de lucidez. Convencê-la com uma frase que pudesse soterrar todos os socalcos de seu passado, sepultar todas as provações desses seus últimos doze anos de vida.

As pernas de novo recomeçam a andar, e ninguém se lhe delineia aos olhos, aos olhos de Poni que não encontrou nenhuma frase que pudesse revelar com precisão o estado atual de seu espírito.

Mesmo que os lampiões estivessem acesos, vozes povoassem as varandas, parasitas fossem ornamentação que houvesse nascido, vicejando no humo, mesmo que tudo isso fosse o contrário do que está sendo, a Rua do Cantagalo continuaria sempre inferior, sempre recalcada numa expansão que lhe haviam negado.

Talvez, por isso, ou por outro motivo que se desconheça, a rua transmitia o silêncio de um horrível e desconhecido crime.

Nas trepadeiras, os ramos choravam e era triste o som daquele vento.

26

Poni sente um vasto suor inundá-lo. As pernas param e, lá na frente, a casa de Alda são janelas iluminadas.

A Prefeitura interditara as portas, pregara dísticos de sobreaviso nas vidraças, calafetara as varandas, fizera daquela rua um êxodo.

Somente a casa de Alda sobrevivia.

Era o único telhado livre de sombras. Nos outros vicejavam bolores azuis, vermelhos, roxos, e capotes de espessa neblina desciam sobre eles. E Poni caminhando sozinho, confundindo a sua sombra na sombra da rua, também se assemelha a um fantasma.

E se Poni caminha depressa, é por temer ficar pertencendo àquele mundo.

Caminhou quase correndo, e quando seus punhos martelaram a porta da esquina, no peito de Poni batia um coração mais forte devido a uma emoção desenfreada.

A boca estorricada queima-lhe os lábios e temendo que aquela súbita coragem desaparecesse, Poni transforma os punhos em martelos. Quis gritar pelo nome de Alda, porém os seus lábios continuam misteriosamente presos, selados.

Os ecos anulam o silêncio. E em todas as portas da Rua do Cantagalo parecem existir outros Ponis martelando, martelando em tábuas de portas velhas.

* * *

Queria era segredar à Alda a sua maior confissão. Pouco se importaria que lhe devolvessem o emprego. Queria, sim, falar desta maneira:

— Veja Alda, olhe bem para mim, Alda. Repare que estou curado. Do que eu necessitava, Alda, era de repouso. Só falta o boné. Repare bem como eu estou falando. Repare como eu me pareço com Sebastião Moreira dos Santos, com o seu marido!

Alda recuou. Assustada, quis bater a porta, mas Poni já a havia transposto.

— É verdade, Alda. — A voz prolongava-se chorosa. — Eu estou mesmo curado. Não vim para me vingar.

Sem saber como, Alda procurou uma cadeira. Branca, muito branca no rosto e nas mãos, Alda escuta Poni prosseguir.

— Vim para ser o seu marido. Nunca deixei de ser seu marido. Você não teve culpa, nenhuma culpa você teve. — E adiantou:

— Onde está Samuel?

Ouvindo o nome de Samuel, os lábios de Alda querem se mover, porém, somente uma leve contração se lhe faz no rosto.

Depois, com muito esforço, Alda resmunga:

— É melhor deixar tudo como está.

— Mas...

— Sim, é melhor deixar tudo como está. Eu já sofri demais, Poni.

— E Samuel? — Poni insiste.

Alda não respondeu, mas navegou o rosto, debruçando os olhos sobre os ponteiros.

Era significativa aquela maneira de olhar o relógio. Parecia estar falando alto, dizendo mesmo que Samuel não demoraria. Por muito tempo os olhos se balançaram na pêndula. Alda parecia refletir.

Durante aqueles doze anos a sala conservara-se a mesma.

As cadeiras, o sofá de palhinha eram ainda os móveis de casamento e Poni somente deixou de olhar o piano.

Ele bem sabia que o seu retrato continuara, de propósito, encimando a estante de música. Não fizera nenhuma reminiscência nem se lembrara dos anos que convivera junto de Alda.

Fizera mesmo questão de pensar unicamente no modo de agir com Samuel.

Poni estava indeciso. Matá-lo-ia ou deixá-lo-ia ferido?

Falaria assim:

— "Se você é um homem, Samuel, que se defenda. Prepare-se que você vai morrer".

Essas íntimas perguntas, esse íntimo diálogo, enrubesceram Poni.

Ágil, pulou da cadeira como se Samuel houvesse repentinamente chegado.

Veio-lhe à idéia de que não estava armado.

Pensou em apoderar-se de uma faca, de qualquer coisa que pudesse ferir. Dirigiu-se à Alda e jogando-lhe esta pergunta:

— Pode me dar o seu punhalzinho?

Não se esquecera dos antigos hábitos.

Fora ele mesmo quem o presenteara à Alda numa Semana Santa.

— É para você matar o Judas, Alda. Comprei-o no mercado. — Acha o cabo bonito?

Agora Poni exige aquele antigo presente. Cada vez mais Alda se convence de que Poni ficou bom. O que lhe teria acontecido? Que espécie de remédio teria sido?

— Pode me emprestar o seu punhalzinho, Alda?

Poni enraivece a voz.

— Pode ou não pode?

Alda compreendeu tudo. E antes de responder, ela bruscamente arrematou:

— Você tem coragem?

A face lhe sorria nos lábios, nos olhos. Ainda sorrindo, Poni aproxima-se, aperta os braços de Alda, segreda-lhe baixinho:

— Parece que tenho, Alda. Você vai ver.

Alda convulsiona-se. Balançam-se as carnes, os seios lembrando bolas de borracha repentinamente cheias de ar.

A resposta de Alda tonteia Poni:

— Há muito tempo que Samuel anda com ele.

Aos poucos, ficam livres os braços de Alda, que mergulha as mãos nos bolsos do vestido e nega o pensamento balançando a cabeça.

— E agora?

Novamente Poni se interroga:

— E agora?

As facas da mesa eram rombudas, frágeis de lâmina. Então, Poni abre as gavetas, corre os dedos dentro das caixas, mas não encontra a tesoura. Depois, por mais que quisesse abri-los, Poni nota os dedos fechados. Haviam ficado duros, frios, como mortos.

A rua continua a avançar no silêncio, porém, Poni parece escutar Samuel vencendo as lajes, aproximarem-se umas pernas lentamente. Os dedos de Poni se fecham. Por mais que a mão tente se afrouxar, os dedos recusam, as unhas se prolongam, perfurando. Diante de Poni, a máquina de costura são gavetas abertas. Mais uma vez os dedos se recusam a obedecer, e Poni chega ao desespero de entrechocar as duas mãos, esmurrá-las de encontro

29

à parede, agitando violentamente os braços, chorando os olhos de raiva. A rua não conduzia ninguém, mas a obsessão de Poni persistia.

E naquela fúria, uma gaveta caiu soltando carretéis que rolavam secamente. Os carretéis começaram a rolar pelo assoalho e Poni, pisando sobre um deles, estendeu-se. À queda, Poni arrancara mais duas gavetas. Peças de fitas lembravam serpentes coleando nas listras vermelhas, verdes, multicores quais cordões de serpentinas.

Emborcou a última gaveta e retalhos de fazenda escapuliam das gavetas da máquina de costura, sugerindo lenços. Rodeado de seus próprios destroços, Poni bracejava inutilmente.

E somente depois de sentir o coração cansado, foi que as mãos se lhe abriram. Abriam-se-lhe para tremer, mesmo Poni vislumbrando duas agulhas de crochê; mas mesmo trêmulo persistiu a vislumbrá-las, enquanto as mãos pareciam dançar de tão nervosas.

Eram duas agulhas compridas, finas, duas agulhas de osso, duas agulhas que eram dois punhais aos olhos de Poni.

Muito pálida, Alda o socorreu. Vendo-se novamente de pé, Poni deu força à voz. Impôs-se. Alda quisera achar engraçado aquilo tudo, porém tivera que engolir o riso:

— Vá arrumar suas coisas, Alda. Vá logo. Não quero que você volte mais aqui. Faça uma trouxa, arrume tudo depressa.

A voz de Poni pedia obediência.

* * *

As mãos sustentam energicamente as agulhas. Defronte da porta, Poni postou-se, até gostaria que Samuel chegasse, enquanto Alda estivesse emalando.

— "Sabe de uma coisa, Samuel, vá dando o fora." — Diria assim.

E antes que Samuel entendesse o que se estava passando, agilmente ele cravaria as agulhas, tornaria a cravar o peito de Samuel, a cravá-lo profundamente como se o quisesse varar.

No quarto fazia um rumor de peças que estavam sendo dobradas. Um grande nervoso percorria-lhe todo o corpo, chegava às mãos de Alda ainda forte.

Punha dentro da mala os sapatos; em seguida tirava-os, novamente os tornava a pôr. Arrumava para em seguida desarrumar. Era Alda duas mãos confusas.

Naquela pressa, caiu um frasco e, espatifando-se o vidro, a loção começou a tresandar pelo sobrado, cheirando forte.

E como absolutamente não se governasse, Alda chegou a despir-se, a emalar as próprias roupas que vestia.

Nua, somente calçada de meias, Alda enterrou o chapéu na cabeça.

Foi o espelho que a advertiu.

Espantada, Alda descalçou as meias, arrancou o chapéu e buscando o vestido tornou a vesti-lo.

O suor lavava-a friamente, escorriam-lhe gotas da testa, vinham-lhe das coxas emanações de umidade.

E pescando a braçadeira da mala como se já fosse partir, Alda procurou a porta.

As mãos de Poni queriam ferir, firmes elas sustentavam as agulhas.

Antes era Poni o homem mais popular das ruas. Das suas mãos subiam foguetes, elas faziam os sinos gemer e os seus sorrisos contaminavam as crianças.

Entrava em todas as casas, era devoto de todos os Santos. Nunca pensara em deixar de ser telegrafista, em encontrar-se abandonado por Alda. Também de voltar a viver como vivia o telegrafista Poni, um outro Poni que se tivesse ausentado e somente agora retornasse.

A sua loucura principiou mansa e mansa ela terminou.

Poni não está mais doente. Se estivesse, nas suas mãos não existiam agulhas, nem cruzaria na sua cabeça aquela vingança, pois a sua loucura sempre fora perseguida pela bondade.

— "Por que Samuel não chega logo?"

As carnes suam as agulhas, os dedos salientam os nódulos, as veias intumescidas, as mãos arroxeadas, e intumescido o corpo de Poni se encontra...

— "Por que Samuel não chega logo?"

E como se se lembrasse para em seguida esquecer para sempre, Poni deixa que a vida de Samuel se confunda com a sua.

As lembranças vêm chegando, chegando robustas, chegando cada vez mais precisas.

Apesar de ser padrasto de Alda, toda a vida de Samuel fora para Alda. A mãe de Alda morrera de desgosto. Poni foi o último a saber.

No pedido de noivado, Samuel impusera:

— A mão da menina está dada, porém, o Sr. quando casar morará conosco.

E adiantou:

— O Sr. compreende. A mãe de Alda, minha mulher, sempre se queixa de dores e é muito justo que Alda fique perto da mãe. O Sr. não acha?

Longe de supor o que iria acontecer, Poni ainda sorriu, agradeceu.

Nunca vira a mãe de Alda sorrir. Sorria, sim, quando Samuel não estava. Ele voltando, a mãe de Alda encaramujava-se. Cortava a alegria do rosto contraindo os músculos, ia terminar de rir dentro do quarto. E só uma vez Samuel dilatou os lábios, afrouxou aquela ferradura que era seu rosto.

Foi quando Poni avisou:

— Amanhã irei a Bom Conselho. Minha avó está muito mal. Talvez só volte daqui a uma semana.

Samuel riu gostosamente e os seus olhos ganharam luz, enquanto perversamente redarguiu:

— Por que não volta antes? Vai deixar Alda tanto tempo?

Samuel queria novamente ouvir aquela resposta:

— "Não podia, tinha mesmo que se demorar uma semana".

Um mês depois morria a mãe de Alda. Samuel ficou no mesmo quarto.

E o dia todo passava em casa, caladão, torcendo as pontas do bigode.

Corriam lendas a seu respeito. E o povo contava essas lendas baixinho, com medo.

— "Ele tem loucura por menina de doze, treze anos."

— "Já cumpriu pena por um crime desses."

Enfeitavam as histórias, avolumavam tudo, chegavam a dizer que Samuel desvirginara a própria irmã.

32

Ao vê-lo, as mocinhas apressavam os passos, e no casamento de Samuel ninguém compareceu.

Ficaram, sim, por trás das enormes persianas da igreja. E mesmo já sendo viúva, choraram grossamente pela mãe de Alda.

Sim, Samuel passava em casa o dia todo, e muito tímida Alda perturbava-se ante a força dos olhos de Samuel devorando-lhe as pernas, os braços, comendo-lhe os seios.

Alda errava o bordado. Recomeçava a bordar o que havia errado, novamente tornava a errar.

Sentado numa cadeira de balanço, Samuel era dois olhos gulosos. A cadeira balançava-se, ia, tornava a voltar, de novo chiava no seu balanço. Os olhos corriam o corpo de Alda e, enquanto corriam pelo corpo, iam-no comendo, possuindo.

De novo a máquina Singer parava. Alda enxugava o suor do rosto, o peito soltava longos suspiros.

Os olhos de Samuel perfuravam-na.

E perfuravam-na tão fortemente que Alda não podia se levantar. Teria de ficar como estava, bordando as iniciais de Poni nos guardanapos, bordando-as quase à força.

Samuel não falava. Somente os olhos falavam, agrediam.

Dores de cabeça prostravam Alda. Os ossos de sua cabeça como se estivessem perfurados. Os sonhos traziam o rangido da cadeira de balanço e, como dois fantasmas, chegavam boiando aqueles olhos, aproximavam-se aqueles olhos, os olhos de Samuel, e de momento se juntavam — juntos acendiam uma enorme chama. E aquele sonho parecia haver pegado fogo, repentinamente envolver o corpo de Alda, labaredas crepitando-lhe nos cabelos, línguas de fogo lhe saindo dos ouvidos, do nariz, também dos olhos.

Alda, antes de acordar, soltou um grito. Poni perguntou-lhe o que fora. Também acordara de sobressalto e seus ouvidos ainda estavam cheios daquela navalhada.

Fora um grito terrível. De fato, Alda gritara com assombro.

O suor lhe colara ao corpo a camisa de dormir e os cabelos se derramando impediam que se vissem as lágrimas de Alda. Alda arquejava, enquanto os seus soluços rompiam abundantes. Sentada, as pernas encruzadas sobre o colchão, era Alda um saco, um enorme saco branco, agitando-se no escuro do quarto.

E como Poni insistisse muito, Alda simplesmente respondeu:
— Foi um pesadelo.

Alda não tivera coragem de contar. Às vezes Poni percebia cheia a boca de Alda, chegava mesmo a pensar que Alda iria dizer-lhe qualquer coisa.

Alda parecia se engolir. Cavavam-se-lhe as bochechas que dantes estavam cheias, redondas.

E aquela primeira posse trouxera outras que se demoravam por toda a tarde.

Samuel lentamente a possuía. Como se uma oculta força a envolvesse, Alda entregava-se, passivamente se entregava a Samuel.

Samuel despia-a devagar, lentamente desabotoava-lhe o porta-seios, ficava um tempão lhe olhando as coxas. Depois as mãos de Samuel desciam para novamente subir e lá em cima se demorarem os dedos no bico dos peitos.

Era uma coisa terna, tão terna que Alda amolecia. Samuel carregava-a nos braços, estendia-a na cama. Nua, Alda adormecia, os braços de Samuel lhe enlaçando as carnes, mesmo após possuí-las com uma avidez de fome milenária.

Samuel ficou pra continuar velando outras vezes sem conta aqueles repousos de desmaios, que somente muito depois Poni viera a saber.

E tamanho conhecimento lhe trouxera aquele desequilíbrio.

Poni esquecera-se de tudo. E como entrava em todas as casas, um dia chegou a entrar naquela que lhe pertencera. Entrara sorrindo e sorrindo saíra. E Samuel fora tão perverso, pois gritara assim:

— Olhe, Alda, venha ver quem está aqui.

* * *

Por que Samuel não vem logo?

A impaciência domina Poni. Os ponteiros fazem cantar as nove horas e se as mãos continuam crispadas é porque querem vingança.

E só depois de muito tempo os passos ressoam nas paredes que devolvem passos que se aproximam lentos, cadenciados.

Poni os escuta. Recua, esconde os braços nas costas, das mãos prolongam-se as agulhas. O peito inchado; o sangue quente queima-lhe as veias, as pálpebras lembram restos de equimoses.

Percebe-se que o ódio ainda mais inchou Poni. Nenhum músculo de seu corpo treme. Todo o corpo de Poni parece de aço. Duros, inflexíveis, descem os braços, as mãos sugerindo dois martelos.

Lentos, cadenciados, os passos custam a chegar: Essa demora faz mal a Poni, castiga-lhe os nervos, esmaga-o.

Por que Samuel não chega logo?

Lentos, os passos atravessam a rua, pisam lentamente sobre as lajes, livram-se da sarjeta que desce uma água escura.

Vão se aproximando antes de subirem os degraus, detêm-se os pés no "capacho", limpam, tornam a limpar uma imaginária lama.

Por que tamanha demora, por que Samuel não abre imediatamente o trinco. POR QUÊ?

No quarto, sentada sobre a mala, Alda espera.

Os olhos se lhe esbugalham, a respiração se lhe intercepta. Poni se sente adoecer naquela espera. Confusões enchem-lhe os sentidos, e de súbito, por mais que queira reter as agulhas, Poni constata os dedos das mãos cada vez mais frouxos, moles, bambos.

Por que Samuel não entrou antes que lhe fugissem todas as forças? Os segundos como se andassem calçados de botas de ferro. O tempo de um segundo, Poni o vivia como se estivesse vivendo uma eternidade. Nada de Samuel entrar. E quando Samuel entrou, o peito de Poni estava livre de vingança, brancas eram as imagens que lhe enchiam os olhos.

Alda encostou o ouvido e com ele colado à porta do quarto queria escutar algo. Mas, nada pôde perceber.

Aquela demora havia adoecido Poni. Inexplicavelmente, aquela breve demora havia lhe arrancado do peito toda aquela coragem, toda aquela decisão de se mostrar curado a si mesmo, a Alda e a Samuel. E como se tivesse vindo somente fazer visita à sua antiga casa, Poni chegou a estender a mão para Samuel, até sorriu-lhe, e descendo os degraus, avançou alegre de rua afora com uma imensa alegria a lhe desabrochar a boca indefinidamente.

No meio da sala, as agulhas lembravam duas forças desprezadas, imóveis.

AS TRÊS TOUCAS
BRANCAS

Escrevendo uns artigos, talvez melhorasse a minha situação deixando de empenhar objetos, mas, quando tento escrever qualquer coisa, sinto uma inibição nos dedos, na vontade, no cérebro.

Deixo a mesa cheia de tiras de papel, procuro o alpendre e para que escrever se o vento deixa as roseiras sussurrando, roça como asas nas toalhas estendidas no arame, vibrando nos caninos sons de flautas?

Minha vida se estraga numa poesia vulgar — como a de agora comparando os caniços a flautas — porém, hoje, tenho somente vontade de fechar os olhos, de ficar ouvindo o cata-vento.

O rosto de Virgínia está queimado, mas apesar do sol da praia tê-lo enrubescido, vê-se que uma palidez se esconde, oculta-se-lhe debaixo da pele.

Ainda não lhe disse nada, todavia, creio que ela até irá sorrir.

Nem sei como principiar. Dizer tudo de uma vez? Fazer arrodeios ou convencê-la imediatamente? Imagino desde já o rosto de Virgínia abatido pela vergonha, sem querer me olhar, ver ninguém, fitando um ponto, perdendo-se no vácuo.

— Mas, Virgínia é a coisa mais pura deste mundo!

Diria isso me traindo, porque também deveria estar no mundo de Virgínia, encontrando naquela pureza um princípio de perversão, de desterro. Ela baixaria a cabeça, seus longos cabelos cairiam com o corpo e por trás daquele véu de fios escuros se ocultaria a vergonha, estaria um sentimento ferido a esconder-se.

Depois ela abraçar-me-ia, falando-me baixinho como se estivesse com medo de se ouvir:

— Está bem, Sigismundo, farei o que você me pede.

Passa pela minha cabeça toda essa cena, chego a pensar que tal coisa sucede e sinto pavor do meu próprio pensamento.

Vejo Virgínia remendando um par de meias e quando seu rosto se levanta para se encontrar com o meu, disfarço, largo um riso tolo e fico sem ver nada, absolutamente nada, como se um estado de suspensão me fizesse viajar por regiões longínquas.

Aquilo sucedera no último domingo.

A manhã quebrava ondas enormes e quem fosse à praia veria o oceano raivoso, espumas desenhar as areias, aquelas areias onde se podia esquecer, dormir. Parecia que o sol transmitia à Virgínia outra vida, anulando todos os seus recalques, indo ninar um coração esmorecido, cheio de dor. Como seria bom se Virgínia passasse outras manhãs na areia, ouvindo o mar, sentindo o sol, enterrando as mãos no corpo fofo da praia? Bocejando?

E foi na volta, quando já estávamos longe do oceano, que ouvi o que agora não ouso dizer à Virgínia.

A voz daquele pintor saía mansa, pedia e ao mesmo tempo se desculpava. A princípio não o entendi bem, o meu rosto devera ter-se fechado porque o pintor ainda mais suavizara as palavras. Polindo-as.

Virgínia chamava-me da esquina, acenando um lenço vermelho, riscado de âncoras azuis; chamava-me avisando que era tarde; e mesmo de óculos podia-se atestar que os seus olhos estavam alegres.

Faz quinze dias que isso aconteceu e sempre fico a adiar a resposta, querendo esquecer-me, sentindo uma insatisfação me invadir quando penso naquilo. E nem sequer exigi desculpas... Se minha vida prosseguisse no ritmo de outrora certamente teria me revoltado, levantando a voz. Mas ouvi tudo como não teria ouvido se fosse o homem de meses antes, a força que se perdera em inúteis conquistas.

— Sim — respondi-lhe — daria resposta à noite. Primeiro falaria com minha mulher, precisaria ouvir Virgínia.

Sinto-me arruinado, todas as minhas forças perdidas. Constantemente a voz do telefone é a do pintor, e quantos bilhetes, quantos recados!... A última carta fala sobre uma oferta absurda, transcrevendo trechos de livros de arte, somente um artista poderia fazer isso, denunciar-se tão ansioso.

Tenho vontade de chamar Virgínia, explicar-lhe que o velho da praia é um pintor, mas um pintor que está doido para desenhar-lhe os seios. Mostrar-lhe-ia os bilhetes, as cartas, até mesmo mostrar-lhe-ia a última que salienta uma oferta incomum. Mas, parece que uma força misteriosa me obriga a permanecer calado.

Num canto da sala, dentro desta sala pesada de silêncio, as mãos de Virgínia cosem.

E nem por sonho deverá chegar à cabeça de Virgínia que os seios do seu corpo chamaram a atenção de um pintor; ela seria uma mulher de seios iluminados, demasiadamente artísticos, puros. E se Virgínia consentisse?

Vejo se tal coisa acontecesse a culpa seria minha. Afasto a idéia, mas logo depois ela volve, aproxima-se e termina me subjugando.

Como seria bom receber mil cruzeiros por uma hora que Virgínia deixasse seus seios numa tela, talvez pintados tão diferentes que de nada sugerissem os verdadeiros!

Imagino-a defronte de um cavalete, longe de sentir o cheiro oleoso das tintas, amargurada numa posição completamente imóvel.

Vejo-me acendendo um charuto, fumando como um estranho, sentindo um desejo de também possuir aqueles seios que estavam sendo pintados, de beijar ternamente suas auréolas, as mesmas auréolas que enchiam o fundo de uma tela com a opulência de seu róseo. As janelas cerradas, tubos abertos coalhando cores esquisitas, o calor como se estivesse forçando os sorrisos que pendiam dos retratos.

E havia um retrato melancólico, fazendo uma criança chorar numas tintas escuras, dando a entender fosse aquele choro devido a muita fome.

E eu visitando um atelier, frio como um capitalista, indagando de preços, fumando um enorme charuto, vendo Virgínia com os peitos de fora à maneira de uma estranha prostituta que somente gostasse de prostituí-los.

E eu continuaria fumando, caminhando a passos largos, mãos nos bolsos, olhando com desprezo aquelas carnes. Mas, por que não responder ao velho pintor ser impossível, ir pessoalmente esclarecê-lo que Virgínia não seria modelo, que ela me pertencia! Desculpasse-me. Fosse outra vez à praia, certamente descobriria outros seios semelhantes aos de minha mulher. Então não haveria tantas sósias no mundo? Sósias de nariz, de lábios, de voz? E por que não existiriam sósias de seios? Encaro Virgínia (não sei se é impressão) mas não tenho força de continuar a fazê-lo porque sua atitude é de quem está posando, de quem se deixa pintar. Somente os seios estão defendidos pela blusa de cambraia, os dedos rebolando, mas se rebolando a coser tão de leve que mais parecem rezar.

Sinto um suor frio lavar-me as têmporas, tamanha é a vergonha que me domina e abandono todos os sentidos, todos os membros, ficando como se estivesse num lugar que tivesse o poder de apagar todas as minhas memórias. Podia recorrer a amigos, explicar-lhes a minha situação. Todavia, meu sangue circula como antigamente e a minha atitude de agora deve ser também a mesma que abatia as esperanças de meus antepassados.

A energia de Virgínia extinguiu-se. Se Virgínia não se sentisse debilitada estaria, agora, a fazer-me carícias.

Quantas vezes Virgínia não fora mais forte que eu? Quantas madrugadas ela assistira, animando-me, trazendo-me uma toalha umedecida para afugentar aquele meu sono, inimigo cruel daquelas noites! O concurso aproximava-se e com ele vinha a incerteza, o desequilíbrio. Por fim, Virgínia sabia tanto quanto eu, podia até fazer o concurso por mim; concursar sem nada temer.

Aquele concurso já é um passado, e pareço ainda ver todas as manhãs Virgínia procurava no Diário Oficial a lista dos aprovados, procurá-la com os dedos trêmulos, os olhos aflitos. E como seu rosto ficou amarelo, as mãos puladas de veias azuis que lhe desciam dos braços quando ela me disse:

— Você foi aprovado, Sigismundo, mas foi preterido na nomeação.

Por várias vezes Virgínia tentou transmitir-me a sua resistência, mas tudo está positivamente perdido e nevoado.

E foi na tarde de hoje, o vento agonizando as hélices, fazendo o cata-vento chorar — foi na tarde de hoje que tudo se consumou, terminou de ruir.

A história dos seios de Virgínia acaba de transformar-me num visionário, apesar de sempre ter eu vivido no mundo das visões.

Mesmo no tempo em que o Desembargador Olavo me aconselhava, escrevendo-me cartas enormes, eu continuava naquele mundo que me habituou a viver dentro dele. Hoje, esse mundo não existe mais para mim, porém, aquele hábito perdura.

Às vezes Virgínia segura a minha mão e engasta no dedo o anel de formatura. Todas essas vezes sinto a sensação de estar colando grau.

É um ânimo que Virgínia tenta me transmitir, mas os hospitais estão longe, Virgínia, bem longe, bem longe de mim eles estão!

Sinto muito, Virgínia, mesmo quisesse eu voltar a clinicar não poderia.

Desembargador Olavo falava assim, quando me via datilografando páginas, escrevendo contos:

— Literatura só traz contrariedade, menino — dizia numa pausada voz grave —. Literatura é tão inimiga e traiçoeira como a política. Largue tudo isso, menino, vá se aperfeiçoar na sua Medicina.

E uma noite, como eu falasse que iria praticar num laboratório, Desembargador Olavo concluiu:

— "Porque não descobre um micróbio?"

Mesmo depois de tanto tempo ainda pareço escutar o Desembargador:

— "Por que não descobre um micróbio?" — Hoje, somente hoje sinto verdadeira falta do Desembargador Olavo. Sua morte levou conselhos que ninguém me repete, a sua ausência faz-me lembrá-lo, soerguê-lo da terra numa profunda evocação. E soerguê-lo para pedir-lhe perdão, estender-lhe os braços numa súplica de filho pródigo. "Tudo pode acontecer, menino, e você poderá descobrir um micróbio."

Ouvira histórias fabulosas e o Rio parecia somente esperar a minha chegada. Chegaria desconhecido, depois seria tratado como um Príncipe. Trazia comigo todas aquelas lendas que em Recife me contavam:

"Olhe, lá no Rio você não precisa se atirar. As mulheres se oferecem, chamam você, dão-lhe-tudo".

Quando o navio atracou o meu coração pulsava. Naveguei os olhos para ver se descobria a mulher que iria ser a minha amante. Uma semana, um mês, e perto de um ano foi que encontrei Virgínia. Não descobri nenhum micróbio, não sei por que me entregaram diploma de médico se mal conheço meu corpo.

A verdade é que todas as semanas desfaço-me de objetos. Não tive escrúpulos. Penhorei tudo, pus tudo no prego. Fiz Virgínia abandonar o emprego de telefonista, não encontrei nenhuma dessas mulheres que sustentam a vida dos amantes, mas Virgínia me dá mais que todas elas.

Empenhei uma caixa de música por uma ninharia e não demorará que chegue o "gringo" e leve todos os móveis. Se o Desembargador Olavo estivesse vivo bastaria um simples telegrama:

— "Mande tanto"...

O fiador do apartamento, um gordo poeta, está emagrecendo as amabilidades. Antes ele não encontrava defeitos de técnica nos meus contos, nem citava contistas europeus me influenciando. Tudo isso de nada significaria se não fosse a história do pintor. Seria um motivo para esbofeteá-lo? "Isso é uma safadeza." Minha voz rasga estas palavras que me afligiam intimamente. Virgínia levanta-se, e antes de chegar junto de mim, pergunta:

— Está sentindo alguma coisa, Sigismundo?

— É que... e a frase se anula.

A minha vergonha cortara as palavras que já estavam na língua.

Virgínia senta-se no chão e mais docemente torna a insistir:

— Fale, meu filho, diga-me o que lhe aborrece.

Quero que as minhas mãos encham as de Virgínia, chego a estender-lhe os braços, porém, eles ficam como duas forças em meio do caminho.

Nas agulhas compridas de crochê um novelo de lã toma a forma de uma touca. Assusto-me, e uma idéia repentina me esclarece tudo.

— Será possível, Virgínia? Será possível que você esteja grávida?

Virgínia envergonha-se com esta minha pergunta. Esconde o rosto, fitando o chão e, roucamente, fala numa voz medrosa:

— Não foi você quem quis, Sigismundo?

E depois que se passou um minuto, tornei a ouvir Virgínia dizer-me:

— Só fiz uma touca, Sigismundo, mas ainda faltam duas.

Quis levantar-me, mas meus olhos estavam gostando de olhar a primeira das três toucas...

NA RUA
DOS LAMPIÕES APAGADOS

Debruçado numa janela do refeitório, Bioléu sente o frio da manhã. Desde madrugada uma chuva miúda lava as vidraças e os pingos descem rolando, chegam embaixo ainda rolando. O sol camuflado tenta fender as nuvens cinzentas, pelo mundo espalhar os seus raios. As beatas abrem os guarda-chuvas e vêm; vêm e aproximam-se pretas nas cores das *écharpes,* chegam de *adoremus* balançando nas mãos, penetram pelo corredor que vai dar na capela.

Passos — um, dois, um, dois — perdem-se pelo calçamento — a chuva molhando as ruínas da tropa, o oficial caminhando sem ritmo, pela calçada. O capelão na pessoa do Monsenhor Capitulino. A capela pontilhada de vultos se assemelha a uma caixa de véus, com muitos xales e outros véus.

Mas nenhuma das beatas reparou que debruçado no peitoril de uma janela está Bioléu de semblante carregado, pensativo, triste, lá no refeitório.

Se Bioléu estivesse vivendo como outrora, certamente admiraria a chuva caindo, em vez de sepultar as mãos entre os ossos da cabeça e os fios de cabelos, e sentir dentro do peito um mal-estar, quase uma angústia que lhe tumultua o coração.

A frieza aumenta e os pingos crescendo descem velozes pelos vidros, formando filetes nos caixilhos das janelas.

Dentro da capela as campas trissam nos cones de bronze como se possuíssem asas. Começou a missa. Monsenhor Capitulino curva-se uma vez ante o missal.

Bioléu continua a não escutar nada, continua a não sentir o frio que umedece a manhã, continua a não se lembrar que a trinta metros uma missa está sendo celebrada. Se algum Irmão Marista o encontrasse naquela posição, certamente tomar-lhe-ia o pulso, pois uma febre já lhe enrubesce a fronte, já lhe afunda os olhos, já transforma suas orelhas em dois rubros caracóis. Porém todos os Irmãos Maristas são vozes desfiando rezas. E até que termine a missa, Bioléu poderá ficar com a mesma face que, agora, o amargura, com a mesma face que, agora, o faz sofrer nas garras de uma LEMBRANÇA, lembrança originada ontem. Por quase um mês deixara-se dominar pela dialética das aulas de apologética do Irmão Gabriel. Medo de pecar e pecando se afogar nas águas revoltas da perdição.

Mas, ontem, Bioléu se "resolveu". E foi. Foi para desvendar aquele "segredo" que podia ser desvendado em todas as casas daquela rua.

Foi avançando o seu vulto pelo calçamento irregular. Um guarda o olhou, chegou a querer mandá-lo embora, mas o vulto de sua sombra era de ombros largos, de espáduas de homem feito.

Antes de parar em frente à porta de uma casa de janelas verdes, Bioléu escutou murmúrios que vinham lá dos quartos, logo transformados em gritos.

Bioléu encostou-se à porta. Tremeram-lhe os dedos nas mãos alvoroçadas. Latejaram-lhe as veias do pescoço; e o seu coração disparou num galope de quem vence altura de muros quase intransponíveis.

Gargantas coléricas continuavam se abrindo para não se queimarem de tão quentes.

E a porta daquela casa de janelas verdes foi aberta para deixar um homem sair correndo, para receber à sua soleira uma mulher que emporcalhava a rua vomitando insultos, palavrões de cais do porto, misturados a súplicas e rogos.

— "Me perdoe, me perdoe, não vá embora não." Outros berros de promessa se sucederam:

46

— "Não vá embora não, lhe dou tudo o que possuo, lhe dou as pulseiras de ouro, lhe dou o anel de platina, lhe dou até o diamante."

De outras janelas surgiram faces curiosas, cínicas. Bioléu queria "ficar". Mas ao mesmo tempo o instinto de conservação mostrava-lhe o caminho de volta.

A história daquele homem lhe desordenava a razão, carcomia-lhe os olhos, abria-lhe as veias numa sangria demorada. Ao mesmo tempo a vontade de desvendar o mistério da carne ruborizava-o. E a sua aflição atingiu o máximo, quando o branco de um lenço começou a acenar-lhe. A acenar-lhe de uma janela também de cor verde. O lenço não se cansava de chamá-lo. Bioléu havia se aproximado, dele estava tão perto, que podia até ver as faces da mulher, dona daquele lenço.

Então a mulher lhe falou macio: — Entre, nego.

E ela lhe avançou os braços como se quisesse reafirmar o convite; também puxou-lhe pelos ombros e esmagou-lhe os beiços com um repentino beijo. Queimavam os beijos daquela mulher, apesar de frios eles queimavam Bioléu, então pernas vacilantes no corredor, roçando a saia daquela mulher cheirando a alho, emanando de seus cabelos cheiro de cebola partida, cortada por faca de cozinha.

O cérebro de Bioléu rolando como rolam as pedras soltas no fundo de um rio. Trechos das aulas de apologética do Irmão Gabriel se repetiam, perversamente, em sua memória — "Meus discípulos, a questão da sexualidade é a mais importante da natureza. Haverá progresso se houver refreio aos instintos. O homem é seu espírito. Em todos os tempos o sexo esteve em conflito com o espírito."

Esses trechos afloravam à sua memória ao mesmo tempo em que seu olfato se asfixiava com o cheiro de alho, de cebola, de suor de fremente corpo.

Novamente a voz insistiu — entre nego.

O quarto à vista com a sua porta alta de tábuas vermelhas.

Então Bioléu mentiu: É muito tarde, estou com sono.

— Não tem nada não. A cama foi feita para dormir.

De novo abraçou Bioléu, de novo um beijo queimou-lhe a boca que já fumava.

Bioléu soltou outra mentira: — Vim apenas procurar um amigo. Só me demorei por causa daquela briga.

— O quê? — Espantou-se. Aquela mulher não vivia de lembranças que contivessem tensões.

A cena de minutos antes fixada à memória de Bioléu fresca, cristalina como água de rocha.

— "Lhe dou até o diamante, não vá embora, não, eu lhe dou tudo."

Bioléu queria entrar naquela casa de janelas verdes, queria desvendar aquele "mistério", mas como poderia "ter" a primeira mulher se há poucos instantes um homem repelira uma outra?

E a voz de Bioléu se exteriorizou desdenhosa e sucumbida:

— Hoje não, outro dia, amanhã, está bem? Estou com muito sono.

A chuva insiste e as campas também insistem num trissar demorado. Os pingos não se cansam de rolar pelos vidros. E os soldados continuam a marchar enquanto o Tenente vai caminhando a cômodo pela calçada. As nuvens sumíticas escondendo o sol. E Bioléu debruçado na janela, continua sentindo o frio da chuva, que abate os oitizeiros com uma melancolia de galhos parados.

A cena volta a se repetir na memória de Bioléu que escuta o convite daquela mulher e revê aquele lenço convidá-lo, de tanto chamá-lo realçar a sua cor na penumbra da rua.

Minutos que se locomovem à maneira de horas. Indecisão, ansiedade no coração de Bioléu que de chofre levanta a gola do paletó, engolfa nos bolsos as mãos. E pisando duro, de ombros cheios, ultrapassa o portão do Colégio em plena manhã chuvosa, ultrapassa-o para chegar à Rua dos Lampiões Apagados, e vencer a distância que o separa daquela mulher, dona do lenço de cambraia, numa rapidez de flecha.

CONDADO
DE GREEN

I

Navios partiram presenciando o meu adeus, e enquanto as hélices se afastavam, as águas mais escuras vinham quase aos meus pés. Homens gesticulavam na varanda do tombadilho, dizendo palavras de que se haviam esquecido, acenando com lenços brancos e ramos de gitirana.

Minha vista debruçou-se na paisagem e o rio cantou aos meus ouvidos uma canção da partida, as máquinas dos navios velozmente desaparecendo da ilha.

Esperei que a canção do rio fosse perturbada nos instantes de apitos, mas as gitiranas acenadas compensaram essa minha espera, porque os navios diminuíram a marcha na primeira curva onde os lenços brancos sugeriam infinidade de gaivotas.

Entrei no Condado de Green, os olhos sensibilizados, mal distinguindo os quadros, os gobelins, além de retratos amarelecidos e, na mesa, aqueles copos, cocos verdes à maneira de taças esgotadas, ao lado, uma vitrola sem a música de grandes discos, revistas de outros anos, pilhas de livros como se fossem de mercadoria sob a fragilidade de telhas de vidro. Minha vista percorreu tudo isso novamente e foi-se perder de janela afora, onde as areias se ondulavam em montes castigados pelo vento.

No primeiro dia, Condado de Green lembrou-me um vigiado "rendez-vous", tendo em vez de sentinelas elevações de dunas polimorfas. Eram dunas pequenas, lembrando seios, uma esterilidade de seios grossos, dois aqui, outro par mais adiante, sempre juntos e afilados no cume.

— Por que não concebe Deus dando vida a esses seios de imaginação?

Lembro-me de que essa pergunta não me foi feita por Yana e, enquanto minha memória se esforça na tentativa de identificar o mágico, vozes caminham dentro de carros de madeira, bois perdendo a cor no luscofusco.

Os navios passavam no tempo de Lua e, nas noites de ancorar, com lanternas e faróis acesos, a ilha presenciava Condado de Green sair da sua solidão.

Bebíamos com uma dança na beira do rio, marinheiros fugindo para os coqueiros, depois uns sussuros dulcíssimos de mulheres.

Viam-me pensar com uns olhos tristes, tristes quais duas lanternas prestes a se apagar.

As notícias chegavam com as âncoras dos navios, reproduzindo outra vida que se ia apagando em minhas recordações, lembranças sempre vermelhas do barro de minha infância.

Muitas vezes as cartas recebidas eram relidas tempos depois e aos poucos imagens fracas tomavam corpo, apresentavam-se verdadeiras, nítidas, ampliadas pela força de uma lente invisível.

Aquelas notícias reconstruíam, a pouco e pouco, histórias quase esquecidas, à maneira de uma vida doente que se restabelece devagar; e parecia que a volta dessas imagens me tornava alheio à quentura do Sol, à umidade da madrugada, pois permanecia de olhos abertos, perdido na seqüência de aspectos de uma dessas histórias, meus olhos decepando coqueiros pela base, aplainando o terreno com a remoção das dunas para outro canto, tornando o chão do Condado de Green apto para consentir às personagens andarem, correrem, gesticularem, fazerem tudo quanto minha imaginação concebesse.

Muitas vezes, o suor afogava meu rosto porque eu me esquecia de procurar uma sombra, enquanto o dia ia se tornando mais quente, as águas mais mornas. Esquecia-me do pessoal que me esperava e até a voz de Yana parecia não identificar, apesar dela levar as mãos à boca, transformá-las em concha e gritar de dentro do mato; esquecia-me de Yana com suas olheiras como se nunca a houvesse visto de cabelos nodosos.

Yana suspendia a voz, despregando da areia os calcanhares, e eu respondia o seu grito com um berro, para que mais depressa a sua beleza sempre inusitada pudesse me localizar.

Os olhos de Yana me embalavam com o silêncio de não fazer perguntas e ficavam amortecidos, silenciosamente me pedindo que eu saísse do Sol, abandonasse a mania de pensar nas histórias das cartas, naquelas lembranças que de nada valiam por serem grandes e densas. Yana escorregava um pano em meu rosto e por fim meus dedos se apegavam aos dela, como as garras de um abutre faminto se encravam no peito de uma indefesa gaivota.

— Que horas, Yana?

O som de minha pergunta se fazia cavo, vinha ressequido, mesmo profundo, e a impressão era de eu estar com os pulmões esponjosos, apodrecidos, sem nenhum indício de salvação.

Levantava-me, as pernas desajeitadas, quase cambaleantes, e voltava a visão para o mar, como se sobre ele navios imaginários partissem.

— Você por que não vai até às jangadas? Tá na hora delas.

Yana possuía uma beleza musical, realçada com uns gestos suavíssimos que às vezes me davam sono, vontade de esquecer se o momento era razoável para um descanso em seus braços. Eu era um prisioneiro de seus olhos rasgados e verdes, um escravo do moreno de suas carnes.

As histórias das cartas ficavam empenumbradas com a minha abstração temporária. E íamos pelos caminhos, pelas tardes passeávamos machucando os seios de areia, as flores apanhávamos, para depois seguirmos como dantes, sem escutarmos os latidos de cães.

O mar denteava uma encosta e as areias engolidas tornavam rasa aquela baía, onde as ondas eram mansas e pequenas. Homens gostavam de acariciar mulheres perto daquele mar, sempre música de um distante coro de majestosas notas de órgão.

Em uma noite de navios ancorados, muitas lanternas acesas foram trazidas por marinheiros, muitas mulheres do Condado de Green foram amadas. As areias ficaram ofendidas, ensangüenta-

51

das, mas as virgens não sentiam náuseas do cheiro do sangue, porque os navios iam demorar-se.

Yana mostrou-me um homem que gritava. E de onde estávamos, percebíamos aquele homem alto, de olhar vago, suspendendo os braços com uns gritos:

— Je suis millionaire, je suis millionaire!

Os olhos de Yana brilhavam como se de sua carne pudessem brotar estrelas; e de uma duna que nos servia de assento, participávamos da festa, ouvindo estalidos de beijos, sussurros de amor acalentando a noite.

Quando Yana me disse que a surpresa era a sua partida, a noite clareava todos aqueles rostos do mar, havia contaminação de estrelas brotadas inesperadamente no azul, tudo estava tão normal, que somente depois pude refletir, imaginá-la de pé num tombadilho. E essa minha imaginação foi logo perturbada em virtude de uma velha história que sem querer eu a relembrava, invadindo as minhas recordações num crescendo musical em que tudo é terrível.

"Da caixa d'água via-se aquela multidão avançando, homens carrancudos, mulheres rasgando-se em gritos, crianças que choravam exprimidas. Sentinelas apontavam fuzis, os gritos recrudesceram, soldados ficaram pastas de carne e de cáqui. O médico fora arrastado para uma campina próxima ao açougue, onde uma cara patibular o esperava tendo na mão direita uma corda encardida, grossa, enrolada em si mesma por várias vezes. A paisagem que meus olhos descortinavam fuzilou meu peito com a fúria de tamanha punição.

— Olhe que o médico já foi morto! Enforcaram-no num galho da figueira. Veja-o de língua de fora.

A voz veio clara e metálica como um eco distante. O sineiro sorriu ao ver lágrimas lavarem meus olhos, afogando-os por momentos. Devia ser eu a única criatura que não presenciara tão sinistros detalhes. Via, sim, o médico brincando de roda, meninas recebendo caixas vazias de injeção, ele subindo o caminho do Monumento todas as tardes. Depois uma resolução súbita de não querer sair de casa, de receitar. Desconhecia a razão de mamãe não consentir que nos aproximássemos da sua voz de forasteiro.

Lembro-me ainda que o levaram para a cadeia, e a menina coberta de chagas tinha uma leve pulsação e podia mui vagamente falar em soro. Puladas e intumescidas — estavam-lhe as veias do pescoço.

Agora, com a partida de Yana, percebo que o vento bate, açoita as colônias fosforescentes com o sadismo de uma chibata enfurecida.

Ouço um ruído nas vidraças, porém, na verdade, o ruído que me fez despertar foram duas mãos à maneira de dois martelos gastos, carcomidos.

Meus olhos interrogativos no escuro do quarto sem compreender a razão destas batidas, sem atinar que deve ser alguém perdido na névoa. E por isso mesmo fico ouvindo duas mãos martelarem pedindo-me licença, enquanto, sentado na cama, não me arreceio de abrir a porta, nem de continuar como estou, cercado de móveis velhos, de cortinas rotas. As mãos impacientes com a minha demora aceleram os choques repetidos. Grito, mas a vidraça continua sendo um apoio para os socos, e somente depois de suspender a placa de querosene as mãos parecem aquietar-se.

A lanterna dá uma passagem de luz e vejo as moitas, vejo as colônias fosforescentes acendendo e apagando cores frias, que lembram num reconhecimento estratégico um exército de vagalumes.

A porta é aberta com uma rajada mais forte; e não sei se é o vento ou uma mulher se afogando, porém uma nota angustiosa continua a ferir os meus ouvidos, a castigar-me com um satânico rondó.

O homem que gritava "je suis millionaire" vestido num blusão vermelho, entra com uns olhos voláteis, sobraçando caixas de telas, mamando um cachimbo que lhe entorta a boca desdentada.

II

Vozes enchem a noite de cantigas alegres que me tornam ainda mais triste, escutando homens da cor de bronze amarem cantando, sorrirem cantando junto da brisa do mar, e percebo que a brisa é doce como as canções, porque nos instantes em que os homens param de cantar, a brisa continua com a doçura das vozes dos homens, qual se fosse uma poderosa boca a sussurrar por entre caniços.

Estrelas cobrem a noite com a suavidade das crianças dormindo e no céu há somente estrelas, há nuvens estreladas, há uma Lua que também pode ser uma grande estrela.

Navios ancorados à margem dormem com suas velas recolhidas e os conveses estão desertos como as popas, porque os marinheiros estão cobrindo esta grande noite com beijos e carícias. As lanternas arrancam reflexos das roupas de cores vivas e o que vejo nas areias é um carnaval improvisado, onde todos cantam e bebem, onde todos amam e sofrem.

A duna de onde diviso este carnaval marítimo é fria como um seio de mulher morta, e escutando a brisa do mar abraçada com as vozes destes homens também do mar, sinto-me triste como se há pouco Yana houvesse partido.

A solidão é que me conforta com a música torturante dos caniços, com as sombras dos coqueiros soluçantes e Yana deveria agora estar comigo para assistir ao concerto das sinfonias das folhas, para gravar em seus olhos rasgados e verdes as cores das lanternas acesas, boiando dentro da noite à maneira de cabeças inflamadas.

Sou o único habitante do Condado de Green que está sentado num seio de uma duna fria, a ver as mulheres da ilha se embriagarem, a ouvir as mulheres da ilha se queixarem abraçadas com os homens dos brigues, dizendo que estão desprezadas como pérolas nos abismos das águas.

Onde estará o pintor? Relanceio a clareira circundada por sombras móveis, movo minha face como os holofotes identificadores para encontrá-lo sugando os lábios de uma virgem que tem os braços caídos como uma pianista exausta.

O blusão vermelho do pintor está ensopado de "rum" e também de lágrimas, mas as outras virgens abandonadas encontraram oficiais dos brigues murmurantes e parecem que já se esqueceram de que foram ninadas pelos braços do pintor, porque procuram as sombras e nelas ficam como náufragos.

Condado de Green já me viu fantasiado num carnaval em que Yana estava presente e, como agora, navios incrementavam amor nas areias e as lanternas eram rostos bárbaros de mulheres sacrificadas. Yana preferiu a dolência dos discos e ficamos bebendo dolentemente a música como se a música fosse a mais forte de todas as bebidas, como se os maracás das congas fossem mais fortes que todos os "jazz" reunidos.

O corpo de Yana era um grande violino de ternura, e a paz que sentíamos era tamanha, pois somente de madrugada, quando as águas retornaram à sua cor verde, acordamos daquele sono de brincarmos como dois arlequins exaustos, porém jamais envelhecidos.

— Você não quer ir até à dança?

Yana viu que a minha resposta foi procurar seus lábios, apalpar dolorosamente seus seios, ouvir sua voz deixar escapar sons que se assemelhavam a vagidos; e Yana não me perguntou mais nada, conversando mudamente com os meus olhos que estavam dentro dos dela como se fossem dois, unicamente dois.

O carnaval de hoje me traz um lirismo de angústia com o vento passando pelos meus cabelos, passando mansamente como passavam as mãos de Yana e não tenho coragem de descer para os braços de uma virgem, porque Yana está oculta em meu pensamento; e o seu rosto demasiadamente lírico contamina todos os meus sentidos, envolve-me todos os membros de nênias dóceis. Estou livre, mas meu espírito continua abraçado à sua voz que sussurra coisas soturnamente bem de junto de meus ouvidos.

Navios me impressionaram com suas velas enfunadas, deslizando suavemente na tarde de hoje e, enquanto o pintor deixava seus olhos cair numa tela de tintas surrealistas, eu via os navios chegando mansamente, bem mansamente eles se aproximarem da ilha como pássaros do mar.

Respondi a todas as perguntas caminhando em direção ao Condado de Green e mais uma vez perguntaram-me por que não regressava, pois muitos desejavam abraçar-me à minha volta.

Respondi-lhes que me identificara com a solidão de ficar escutando o bambual gemer nas noites de tormenta, e para que voltar, se por baixo das frondes passava horas machucando carnes de tresloucadas virgens, se na ilha existiam quadros surrealistas, além de mulheres que a mim se entregavam sem nada exigir?

E naquelas tardes de amor esquecia-me da partida de Yana, afogando-me em seios robustos e fartos, descansando minha cabeça em ombros de virgens, em ventres de mulheres anônimas, adormecendo e sonhando sobre eles eu continuava vivendo.

A idéia de assistir a esse carnaval em cima dessa duna fria me veio, naturalmente, como no verão o Sol acompanha o dia; e fico remoendo passagens absurdas, arrancando conclusões num desespero abundante, enquanto cada vez mais triste, cada vez mais perdido vou ficando.

Yana afugentava essas minhas imaginações, passeando ao meu lado por entre colônias de coral que eram divisadas perfeitamente tremeluzindo nos dias de pouca maré.

Muito distante da praia, muito distante mesmo do Condado de Green, as águas só sabiam lamber os nossos tornozelos numa insistência mórbida e no acalento de um bolero. A maré muito baixa, os arrecifes polvilhados de lesmas, de ostras, de caramujos... a mão de Yana enchendo a minha mão. O mar numa música de indecisos pianos...

III

Na enseada da ilha, estão navios ancorados e todos esses navios trazem seus mastros enfeitados de bandeiras, mas existe um silêncio que mais parece ser o silêncio da morte, porque os marinheiros guardam as vozes e a única coisa que eles fazem é olhar o mar.

Condado de Green recebeu todos esses navios como se recebesse filhos pródigos e, agora, marinheiros que têm tatuagens de sereias nos braços, tatuagens de corações flechados em cima do peito, são homens tristes, olham o mar tristemente, como se a tristeza desse crepúsculo os envolvesse.

Toda a ilha recebeu a notícia de que os navios ficariam por muito tempo, e esperava-se que fosse haver festa, cantigas, amor — mas como os marinheiros poderão amar se os seus amores ficaram da outra banda do mar, se o mar deles os distancia?

E o que meus olhos guardam nessa hora de agonia do sol, são as tragédias que acompanharam a viagem desses navios, a dor que entristece o coração das virgens que estão pedindo amor silenciosamente e que são recusadas no mesmo silêncio em que se oferecem.

Na curva da baía as figuras do Andaluza, Alone, Capricórnio são vultos de grandes iates desertos, desguarnecidos de homens, iates que têm seus porões como ventres vazios, apresentando como único sinal de vida bandeiras de países sul-americanos unindo os topos dos mastros às adriças; e essas bandeiras parecem ser adeuses das bem-amadas dos marinheiros por se moverem como mãos aflitas...

O caminho do Condado de Green é roteiro dos bem-aventurados, dos que se sentem cansados das estradas de pecados, dos que não podem mais divisar miragens imprevistas e que ancoram nessa enseada como necessitam de ancorar todos os navios de hélices partidas.

De raro em raro os mesmos navios retornam a esse porto, e qual será o destino do Andaluza, do Alone, do Capricórnio, depois de se afastarem do Condado de Green? Naufragarão como as gaivotas que preferem a morte no mar, indo para junto das pérolas após ao naufrágio? Ou morrerão de sede e de fome porque a bússola e as velas lhes negaram auxílio?

Não sei porque imagino um fim de cantochão para esses três iates, mas todas as vezes que meus olhos abraçam o molhe, pareço distinguir três lembranças, três últimos acenos, três últimas vozes oceânicas.

Esses marinheiros devem trazer dentro do peito um enorme cansaço, pois ficam como se não estivessem vendo virgens de seios túmidos, virgens de braços e coxas reluzentes, nem escutam que muitas delas ciciam convites para as sombras, para o ventre das dunas.

Condado de Green recebe as primeiras estrelas e a noite quebra mais fortemente as ondas, aumenta o vento das cabeleiras dos coqueiros, arranca dos bambuais uma música de sinfonia dolente. As nuvens claras passam como lenços soltos, e apesar dessa calma, desse silêncio, o que parecer haver é um prenúncio de tempestade.

As vestes brancas dos marinheiros são pontos que destoam das sombras que a noite trouxe, e todos esses homens lembram também sombras, porque nunca meus olhos abraçaram tamanho desânimo como o de agora.

Não existe imposto, alfândega, dinheiro, não existe polícia, todos são extremamente livres no Condado de Green, mas será que as popas dos iates trouxeram clandestinos renegados, homens que antes de serem concebidos já estavam podres?

E pressinto que a tempestade não vem das nuvens, das ondas, dos ventos, porque a nebulosidade presente vive somente nos espíritos, no íntimo desses marinheiros de almas sufocadas.

— Qual será deles que traz consigo tamanha maldição?

E meus olhos transformam-se em duas lanternas que vão acendendo todas as faces, descobrindo bochechas navalhadas, cicatrizes profundas em queixos ainda jovens, sinais de luta — tudo isso nos semblantes dos marinheiros que parecem pensar, talvez, em mulheres que lhes ficaram acenando no fim de um cais distante.

— "Será aquele que traz um escorpião bordado na gola da blusa?"

E demoro-me contemplando este marujo que parece ser conhecedor do Volga e viciado na doçura do Vodka. Mas meus olhos julgam inocente o marinheiro russo e despem de seus segredos, homens do Sena, do Tâmisa, do Douro, e porque também não aquele que bem pode ser do extremo do Brasil e ter viajado pelo Mississipi?

Os nativos nunca constataram navios tão mortos como o Andaluza, Alone, Capricórnio; e eu noto que a morte de movimentos também envolve todas estas criaturas de tangas.

Quando navios apontavam, Condado de Green pulsava como um coração de recém-nascido, mas não era o aparecimento de velas e de mastros que revolucionava a ilha, pois na ilha sempre existiram lembranças como mastros e adeuses como velas.

Os que as nativas ansejavam, era coisa nova, pois sempre estavam a desejar amores renovados. Nessas noites todas as mulheres tornavam a ser virgens, porque os nossos desejos eram somente pelas mulheres imaculadas, pelas mulheres nunca possuídas.

E por que tamanha solidão, por que tamanha falta de amor nas areias?

Marinheiros encontram-se estendidos como viajantes cansados, e as virgens são criaturas que velam. A música é a do vento, que mais é uma enorme boca engolindo todos os ruídos do que o vento acariciando cabeleiras de palmeiras, acariciando ramagens de flores silvestres.

Yana procurou o mar como estrada de salvação. Yana desapareceu como uma pérola que se ocultasse no recesso de uma concha invisível, mas onde se encontra Cíntia com suas mãos de cheiro estranho como o de açucenas, com os seus olhos de piedade?

— Cíntia!!!

Minha voz é um clamor de angústia... não dessa angústia comum que estremece as extremidades dos dedos, esbugalha olhos, mas de uma angústia que me torna silencioso e de olhar de aço.

— Cíntia!!!

O eco das areias responde das dunas a minha própria voz, e à medida que insisto em chamar por Cíntia, um medo de quem perdeu algo precioso me invade, me embala com sua música de tormenta, que para mim é mais perigosa que as borrascas do mar.

— Cíntia!!!

E outra vez o eco me responde como se estivesse sorrindo de mim, debochando do meu sofrimento.

Então começou o alarma. Todos pareciam conhecer Cíntia. E chamavam pelo seu nome, levando as mãos à boca, para que o som mais longe fosse. Até marinheiros sexagenários apelaram pelo aparecimento de Cíntia... archotes subindo com os punhos erguidos, manchando as areias, o mar, as dunas, todas as sombras, de círculos de luz.

Fomos aos arrecifes, e mais uma vez vimos ostras monstruosas, sargaços como autênticas flores do mar, lesmas e pequenos caramujos, peixes dourados, agulhas de lombo azul — mas Cíntia onde está, onde estão as mãos de açucena de Cíntia, onde está a piedade de seus olhos, onde está seu corpo, sempre branco, apesar do olhar afogueado do sol o namorar?

— Cíntia!!!

E as dunas respondiam ecos que se entrechocavam, sons que se atropelavam nos troncos de coqueiros também eram devolvidos como os outros tristes sons, como as outras tristes respostas.

E por toda a noite Condado de Green sentiu-se velado por uma caravana de archotes que olhavam todos os recantos, todas as moitas, toda a visível planície do calmo mar.

Andaluza, Alone, Capricórnio saíram em busca de algum vestígio de Cíntia, derrubando caminhos de luz que se lançavam de seus pequenos holofotes, além de muitas canoas de nativos, gemendo devido à pressa dos remos.

Meus olhos tragavam a figura de Cíntia como uma boca que traga um raríssimo e último cigarro; eu descobria numa indecisão de vulto o corpo de Cíntia, aquele corpo que era mais música que carne, mais amor que luxúria, enfim toda a saúde de meu corpo.

E longe, mesmo muito longe do Condado de Green, os holofotes retalhavam o oceano, avermelhavam todas as águas da enseada tentando descobrir Cíntia em qualquer recesso da misteriosa e inconsútil baía.

E vozes apelavam pelo nome de Cíntia, subindo e descendo dunas, correndo por toda ilha, despertando cães, como todos ficarão despertos no último dia do mundo. E eu gostaria de ter encontrado Cíntia, pois os músculos daquela mulher morta eram fios de um violino dormindo.

A VALSA

Eu vi o povo da janela do sótão. Do sótão que, havia quinze dias, é uma janela fechada.

Desde que Hilda foi ser lápide, calafetei o quadrado da janela para não escutar o mais leve sussuro de vento, para não ouvir as buzinas dos rebocadores de carvão, para não ver as cortinas prenhes como velas no oceano.

Queria a memória para Hilda. E ficava a noite toda a me lembrar de Hilda, a chorar de face enxuta, tristezas acabrunhando meu peito dolorido. Ah! como Hilda me animava! Eu era um operário dos sons. Todos os dias sentava-me no tamborete e, de mãos espalmadas no teclado, executava mediocremente músicas que a maioria dos fregueses dizia ouvir pela primeira vez. Era uma loja de discos, de músicas ligeiras, a que matava a minha fome. O meu trabalho era tocar a música que o freguês exigisse, mesmo aquela que, de música, nada tivesse. Abrir o piano e tocar.

Na infância, quando abria a caixa do piano, minha mãe sentava-se no lado esquerdo, atrás de nós, a flauta empretecia os lábios de meu pai. E as minhas mãos, as mãos de minha mãe, os lábios de meu pai, de momento funcionavam. Era o Dom Carlos a quatro mãos acompanhado à flauta. Era a Cavalaria Rusticana de meus onze anos.

Aos onze anos, minhas mãos eram lisas, rosadas as unhas se encaixavam na pele. Minha mãe ficava a velar meu sono até que me visse dormindo a sono solto.

Uma noite interromperam o meu sonho.

— Venha ver a sua mãe que está morrendo.

O corredor era um canudo, mas antes de atravessar a porta, pressenti o desenlace. Já acendiam os quatro círios, já trapejavam as asas das cortinas fúnebres. E meu pai, vendo que o sono de minha mãe era o último, foi buscar a flauta. Voltou do escritório já desequilibrado, a flauta nos lábios doídos a esmaecer uma mimosa barcarola. Rodou, tornou a rodar em torno do corpo de minha mãe, sempre com a flauta a lhe empretecer os lábios, a lhe desordenar a razão.

Amanhecia. Uma preta de noventa anos, a parteira da cidade, quis me consolar; carregou-me à varanda, mostrou-me a Estrela d'Alva.

Quanta coisa aconteceu depois! E, de tanto repetirem-se coisas tristes, aquelas lições de música que, na infância, eram um passatempo, muito depois me foram úteis. Minha mãe já não se sentava ao lado esquerdo, meu pai devia flautear no coro dos anjos. De vísceras secas, para o estômago não secar de todo, eu me submetia a tocar para os fregueses — a tocar piano como se estivesse a puxar a corda de um sino, o meu sino de enterro.

Foi numa noite de inverno que conheci Hilda. Em vez de conhecer uma jovem, conheci um rosto envelhecido aos vinte anos, o pavor a vidrar-lhe os olhos, toda ânsia do mundo a apavorar-lhe a vida. Recostada no fundo do divã, Hilda, sem forças, mal podia ouvir-me. Quase desfalecida, a cabeça derramava os cabelos e copiosos os cabelos estendiam-se-lhe até os pés, desalinhados, remexidos, num rolo bruto, como se uma luta houvesse desfeito aquele penteado de tranças.

— Como entrou aqui?

No meio do quarto, meu vulto enchia toda uma parede. Eu devia gesticular, aos berros; as palavras, que saíam de minha boca, deviam multiplicar-se impiedosas.

— Puxe por aqui!...

E apontava a porta aberta por onde o frio entrava mais úmido para quem não tivesse casaco, meias.

Hilda — sem forças para me lançar um sorriso.

Então vi, mais de perto, a palidez de Hilda que, mesmo de longe, já se apresentava pálida. Quis tomar-lhe o pulso, mas o ritmo era tão fraco, tão mole, que por um instante duvidei:

— Morta?

Ah! Como Hilda me assustou! Toda a noite fiquei a friccionar-lhe os pulsos, a aquecer-lhe o colo, de ouvido colado a seu peito, escutando o bater débil do coração. Mais se assemelhava ao de uma ave o pulsar daquelas válvulas. Nem parecia que o meu ouvido se colava a um peito humano. A menor das pêndulas arrastaria, em sua oscilação, um ruído mais forte. De repente, aquele mínimo "tic" parecia desaparecer. Colava mais o ouvido, prendia a respiração, todo imóvel a espreitar. Nada! A morte silenciava tudo. O espelho, ante o nariz, nem se manchava. Já me decidia em avisar a polícia, quando Hilda fez um gesto de cobrir a face e sussurrou, moribunda:

— Quem é o senhor?

A noite em trevas. Lembro-me que, pela vidraça, fiquei olhando o rio, a rua, sem nada ver, escutando apenas a ressonância da pergunta que uma desconhecida me fizera: Quem é o senhor?

Depois, Hilda me contou tudo. E, ao terminar, falou em descer as escadas, ganhar a rua, esperar a morte como a esperam todas as prostitutas que, murchando, ficam esquecidas pelos homens.

— Não acredito em homem nenhum — repetia Hilda —. Já me desgraçaram. O que me resta é a "rua"...

E voltava aos detalhes, os gestos colorindo a sua ruína. A princípio o padrinho cobrindo-a de presentes, de agrados; depois, ameaçando-a, gelando-lhe o coração, de revólver em punho.

— Eu gritei, pedi socorro — continuou Hilda — mas meu padrinho sorriu e avisou que todos haviam saído, estavam assistindo à missa cantada da padroeira; que era besteira gritar, pedir socorro.

— "Por que não consente logo, florzinha?"

63

E Hilda não se esqueceu que o padrinho fremia, de olhos agateados a fitava como se já estivesse amando.

O padrinho permitiu a Hilda debruçar-se à janela, ver as ruas vazias, pela última vez sua virgindade certificar-se de que ninguém a podia socorrer. Naquela manhã, até a cadeia que ficava defronte era uma casa sem lei. A sentinela devia estar se purificando, todos purificavam-se nos evangelhos. Somente os mortos, o padrinho e Hilda não eram defumados pelo incenso dos turíbulos, não eram bentos pela água das pias sagradas.

— Então...

Na noite desse mesmo dia, Hilda fugiu. Não podia analisar a face, ver se a tristeza que a sulcava era mais forte do que a dor de suas entranhas. No último vagão do trem de carga, Hilda nem podia chorar. Tinha de conservar o silêncio de um vagão escuro, escutar em silêncio o ruído das rodas nos trilhos, em silêncio ouvir toda a viagem, o guarda-freios falar de um amor tão triste quanto o seu. E ao descer do vagão, dobrando a esquina de minha rua, um velho, tal qual o padrinho, um sósia, fizera-lhe um sinal. Um susto de morte quase a prostou. Como nos sonhos em que a gente se vê perseguida por um touro, sem poder correr, sem poder acordar, Hilda sentia essa mesma angústia. Os pés soldados no asfalto, o corpo imóvel num gesso plástico. Da outra esquina o velho cofiando os bigodes, rindo como seu padrinho rira antes e depois de desvendar aquele mistério. Correndo, Hilda venceria qualquer escada. O terror obrigá-la-ia a prostrar-se em qualquer divã, mas foi no meu divã que Hilda se prostou. Tanto tempo, nele, Hilda ficou prostrada que, imaginando estar em seu próprio quarto, ao me vislumbrar, sussurrou:

— Quem é você?

* * *

Casamo-nos. A vida era a mesma; mas tinha Hilda nos momentos de desespero; consolava-me como uma mãe consola um filho reprovado, dava-me amor quando não mais acreditava na sua existência.

Eu passava o dia todo a machucar os dedos, a empobrecer a vida enterrando-me, aos poucos, no cofre preto do piano, a tocar valsas para as vitalinas de olhos longos, lânguidos, a tocar para mim mesmo a dolência de meu "requiem". A casa de discos era lúgubre, frias as paredes borradas com retratos de compositores, úmido o assoalho graxento, fosco o madeirame do piano — mas Hilda me recebia sorrindo, ao voltar para casa, sentava-se à mesa ainda sorrindo e enchia o leito de sorrisos. Eu — que não sabia mais sorrir — abri a boca e, pela primeira vez desde os meus onze anos, os lábios repuxaram os músculos e senti uma sensação de paz.

— Ainda viveremos como gente, Godofredo — dizia Hilda, a falar de uma esperança somente presente nos pecadores, nas páginas do Juízo Final, nas consciências onde, a princípio, germinou o crime.

Hilda começou a trabalhar. 50 centavos por página datilografada. Hilda datilografava 10, 20, 30, 50 páginas por dia, mas nunca pudemos comprar um cobertor. Provamos da insônia, do medo dos telhados velhos, do frio da chaminé a varrer o sótão, a enxotar-nos para um canto como ratos apavorados, comprimidos naquele pavor de morrermos de frio, endurecidos. E lembro-me de uma madrugada em que o sótão gelava a cama, empedernia a água, pelos cantos da parede uma cortina de vapor ondulava esgarçando-se úmido. O vento lavando a ferrugem da chaminé, rangendo o silêncio num sibilar. Então, abracei Hilda. Tão apertado foi o meu abraço que cheguei a escutar o meu coração no peito de Hilda. Quis perguntar-lhe se seus ossos doíam, mas Hilda pediu-me que a abraçasse mais, mais. E abracei-a o quanto minhas forças puderam.

Naquela madrugada os jornais foram emendados com palitos de fósforos, todos os trapos utilizados, e até alguns livros sebentos serviram de muralha. A cama assemelhava-se a uma tumba. Nós, a uns escafandros de um barco de tábuas podres em gélidas marinhas. Hilda pedia que a abraçasse com mais força, que o calor de minhas vísceras aquecesse seu ventre, que o morno de minha boca suavizasse a dor de seus lábios talhados. Os braços entrelaçados fechando carnes nas garras dos dedos. Imóveis, o frio nos cortaria ao mais leve dos movimentos, como se, em derredor, alfanges retratassem a nossa imobilidade no espelho das lâminas. Foi então que minha imaginação se enriqueceu de uma genial idéia. E se fôssemos dançar, dançar mesmo sem música? Afastei a cama, a mesa, todos os troços ficaram alinhados de encontro à parede. Começamos a dançar como se estivéssemos no inferno, a dançar uma dança nunca vista, criada naquele momento pelas circunstâncias. Suados, voltamos à tumba. Mas não demorou a se evaporar o calor. Continuando a abraçar Hilda percebia que não me restava mais nenhum calor para o seu frio. Não podíamos voltar a dançar. Sentíamo-nos exaustos. Que fazer?

A ferrugem vertical da chaminé estalando no assoalho, o vapor navegando junto às telhas à maneira de asas de um pássaro preguiçoso, agoureiro, sinistro — e Hilda a murmurar palavras soltas, com medo, de ser abraçada por um delírio. Meu coração pulsando cavo, lento, longe de mim.

Aos poucos fui deixando de escutar o bater de meu coração como se a morte o abafasse, o congelasse aos poucos. Quis saltar da cama, livrar-me do medo de escutar o arfar de quem morre, o meu próprio arfar, mas Hilda me enlaçava, rígidos os seus músculos me prendiam num afago, talvez o mais leve e inconsciente de todos eles. Como podia continuar vivo se não escutava o coração? Se, antes, o coração ritmava tão forte que parecia escutá-lo no peito de Hilda?!

Essa ânsia fez-me adormecer. Ao acordar não havia mais névoa, a chaminé silenciosa no seu charuto de flandres. O indício do terrível frio era estarmos embrulhados em trapos, livros sebentos nos amuralhando, páginas de jornais a se desprenderem dos palitos de fósforos, atapetando os lados da cama. O sol espichando-se de sótão a dentro. Nenhum dos elementos a revelar como fora fria a madrugada. Se não fossem os trapos duvidaria de uma alucinação, de um pesadelo que enchesse de frio os sonhos.

Quis levantar-me mas Hilda ainda me enlaçava, rígidos os seus braços se acomodavam nas minhas costas.

Pensei: Hilda ainda dormia. De manso fui me esgueirando, puxando o corpo à maneira de uma mão que foge de uma luva. Suspendi a vidraça: vi ioles à flor do rio retesarem os longos remos, crianças de bolsas a tiracolo cruzarem a ponte, o sol se levantando ao mesmo tempo que operários de um edifício de aço punham a funcionar bifurcadores. E já vestido, pronto para descer, percebi que Hilda continuava imóvel, estatelada em curvas, de braços abertos, as mãos à maneira de um instantâneo coreográfico. Somente uma valsa poderia encurvar um corpo como o de Hilda se encurvara. Estaria Hilda a valsar comigo num sonho? Nem a quis tocar. Mas, no terceiro lance da escada, de repente, uma dúvida me envidrou os olhos, reteve o meu pé direito suspenso entre dois degraus. Como essa dúvida me assaltou, não sei. Era hábito meu, depois de cerrar o trinco, jogar a chave por debaixo da porta. Então vi-me a esmurrar as tábuas, a chamar por Hilda.

— Hilda... Hilda... Hilda...

Acudiram. As indagações dos vizinhos só faziam aumentar a minha ânsia, a minha cólera, a minha dúvida, todo o meu desespero.

— Hilda... Hilda... Hilda...

E a voz vibrando rouca ainda chegava à rua onde, da calçada, escutavam chamar por Hilda, por uma Hilda que não podia responder.

A porta tombou. Por um instante nada se podia ver. Do assoalho evolava-se o pó de todo o sótão. Hilda conservava-se serena. Somente depois de pousarem a mão em seu peito acreditaram estar morto o seu coração.

Abriram-lhe as carnes. Examinaram-lhe as vísceras, o fétido sangue já sólido. Mesmo depois de toda retalhada, para os microscópios do Necrotério, Hilda era saúde. Por não ter o que escrever no certificado de óbito, o patologista assinalou: *causa mortis,* "avitaminose". Para mim significava: fome, frio, muita fome.

* * *

Acabo de ver o povo da janela. Se a murada do rio fosse de borracha estaria a elastecer-se, a recuar estariam as fachadas dos sobrados mas o povo que se asfixia na rua é que se elastece, se afunila de tanto se comprimir. O seio da noite é a lua; flutuantes correm, úmidas, as águas, mas o povo não sente a gelidez que desce da lua, a gelidez que se distila do rio, não sente a cortante gelidez queimando no asfalto.

Nesse inverno de noite funda o povo sente calor. Todo esse povo que se esqueceu de calçar os pés em botas de jornal, de agasalhar o corpo nos últimos farrapos, todo ele ensaliva, conserva nos olhos um brilho morno. Dir-se-ia uma rua deserta mas nem a maior avenida comportaria a massa que se avolumou nas esquinas, nas encruzilhadas, nas pontes. É capaz da murada não suportar o peso dessa tonelada humana, rachar-se, florescer no rio ilhas de cimento armado. Mas não é essa a razão do silêncio. Todos, afunilados, desconhecem a beleza dos movimentos. Aleijados, prostitutas, cegos, feridentos, todos de alma vendida à servidão acham-se presentes. O que é que esse povo quer?

Quando um representante do governo assomou à varanda da chefatura, o povo rompeu a estática semelhante à dos bronzes de praças públicas e eu pude ver a mais terrível de todas as convulsões.

— Onde está o pão, onde está o trabalho? — perguntava o povo.

Era a mais simples e real das investigações. Porém, na manhã seguinte, nenhum jornal falou do comício da fome. Falou, no entanto, de uma solidariedade do povo ao governo. Ora, enquanto o povo perguntava — onde está o pão, onde está o trabalho? — fotógrafos funcionavam máquinas e, quem não houvesse assistido ao comício, podia ter a impressão, ao ler os jornais, de que o governo era benquisto.

Eu fiquei, da janela, vendo o povo gritar. Se não participei daquelas reivindicações era por reclamar uma vingança que se alimentava no rolo das minhas entranhas. Quinze dias era Hilda lápide! E, depois de acordar o sino de meu enterro tocando piano durante o dia, à noite trancava-me e a solidão do sótão enriquecia os meus sentidos, torturava a insônia até o momento de ser idealizado um plano diabólico. Se não participei daquelas reivindicações era porque achava o "meu plano" magistral. Não escrevi carta anônima, não telefonei disfarçando a voz, mas há duas segundas-feiras compro dúzias de rosas e mando-as entregar à mulher do Chefe de Polícia. As rosas vão sem nenhum cartão, sem nada que possa identificar quem as remete, mas, às segundas-feiras, à hora do jantar do Chefe de Polícia, as rosas chegam brancas, rebentando perfume. Para mim é sacrifício, às vezes, deixo até de comer, faço regime sem ser gordo, mas o Chefe de Polícia terminará arredondando as suspeitas já existentes em seu ciúme. A minha paciência é quase bíblica. Um, dois, três meses... nada! Já pensava em desistir quando o escândalo sobreveio.

Nenhum jornal comenta o suicídio. Mas a cidade sabe que o Chefe de Polícia espancou a mulher, queria o enigma das rosas e, se a mulher não morreu estrangulada, foi por aberração. Em pleno desvario o Chefe de Polícia enlouquecera. Não de uma loucura furiosa, mas de uma terna loucura que lhe subtraiu as energias, lhe inutilizou os poros, lhe transformou os olhos em duas chamas extintas.

Aos domingos, quando a tarde é primavera e pode-se atravessar o pátio sem molhar os pés, eu atravesso pavilhões, corto o Hospício da Tamarineira em diagonal e, lá nos fundos, numa cela que os enfermeiros conhecem, apenas, por 102, fico procurando esclarecer o enigma das rosas. Prisioneiro dos nervos, o antigo Chefe de Polícia solta um sorriso besta, acena sorrindo mais largo ao me aproximar das grades.

Falo, volto a falar, mas o antigo Chefe de Polícia escancara os maxilares de dentes apodrecendo, o rosto abestalhado, humilde, dando compaixão.

— Quem mandava as rosas era eu, ouviu? Olhe, sua mulher é honesta, sempre foi honesta!

O antigo Chefe de Polícia nada compreende. Nem mesmo a frase que minha voz divide em sílabas:

— Quem man-da-va as ro-sas e-ra eu, ou-viu?

* * *

O atual Chefe de Polícia é uma peste. Muito mais peste do que o que enlouqueceu de ciúmes. Não envio mais rosas, nenhum pescoço de mulher se tingirá de roxo por minha causa. Juro. Torno a jurar à N. S. do Perpétuo Socorro. Mas ainda ouço, da janela, o povo perguntar: onde está o trabalho? onde está o pão? onde está o trabalho?

E, se não vou me afunilar no meio do povo, ficar espremido, de pescoço fino e longo como o das girafas, é porque analiso um novo "plano" que é fel, ódio, toda a minha vingança. Um novo "plano", aparentemente simples, doce, inofensivo, cuja engrenagem tem seu dínamo numa *Valsa* que vou remeter à mulher do governador. Uma valsa, simplesmente uma valsa de amor. Nada mais.

SENTENÇA

Sem poder libertar-se daquela visão sentia-se amortalhado. Cansou-se de esfregar os olhos, de apertar as têmporas, mas tudo continuava enegrecido como dantes.

Lá estava aquele remorso a verrumar-lhe a consciência, a roubar-lhe o sono, chupando-lhe a face antes de torná-la lívida. Defronte estava a cama, o guarda-roupa, três malas de couro cru se alinhando de encontro à parede. Estava o lavatório com a sua bacia de louça. Estava a janela, onde tantas vezes ele ficava debruçado. Ainda estava o relógio, mudo ornamento, quebrado pelas suas próprias mãos como se essa brutalidade impedisse o tempo de marchar. Estava tudo isso e mais uma garrafa de cachaça, jogada no meio do quarto, vazia.

Major Tiopompo não podia distinguir nenhum desses objetos, nem mesmo vislumbrar o guarda-roupa avançar para o teto tábuas envernizadas, semi-aberto, enforcando casacões.

Se os ponteiros não estivessem quebrados, a pêndula poderia bater sincronicamente, emprestando um sinal de vida àquele silêncio de coisas mortas. Sim... Silêncio de coisas mortas, pois a respiração do major Tiopompo mal aquecia o nariz. Era uma respiração fraquíssima, fria como a de um peixe, lembrando a de uma pessoa que morre de velhice sem saber que está morrendo. Atingira o limite o sofrimento do major Tiopompo.

Não era mais aquele desespero que lhe raiava os olhos de sangue, obrigava-o a entreabrir os beiços para deixar escorrer uma baba que lhe envenenava o peito. Não era mais aquela inquietação enlouquecendo-lhe os dedos, aquele suor lavando-lhe o rosto, colando a camisa aos cabelos do peito.

Começava major Tiopompo a sofrer placidamente, sem nenhum gesto que pudesse denunciar a agonia do seu coração. Silencioso, mudo como uma pedra, apenas derreando-se à mesa, o braço direito apoiando a cabeça, a mão esquerda na mesma paralisia de seu braço — jogada para trás.

No outro lado da mesa um castiçal empunhava um cotoco de vela.

A pernas do major Tiopompo jogando as botas para frente, as esporas rosetando os tijolos como se fossem eles flancos de um cavalo.

Gradualmente deteve-se em todas as fases do desespero e, agora, seu sofrimento prostra-o numa posição de bêbado, que nem dorme, nem sonha, nem vive, nem se aproxima da morte. Tal como se quisesse detê-lo numa fronteira que delimitasse esses quatro estados d'alma, apenas atingida por aqueles que experimentam o sabor do remorso. E era o remorso que judiava major Tiopompo, obrigando-o a afastar-se da mulher, dos filhos, a esquecer-se dos negócios, como se tivesse medo que alguém pressentisse a causa daquelas três rugas que lhe desciam pela testa.

Três rugas que surgiram na mesma tarde em que toda Santana do Ipanema foi procurar Melânia.

Melânia, a morta, a desvirginada aos quatorze anos, a fétida Melânia, que ainda estava de pernas abertas como quando fora encontrada, três dias depois, no capinzal de Padre Bulhões.

Melânia, de quem os olhos serviam de pasto aos urubus, de quem o nariz era um formigueiro, entrando e saindo formigas numa labuta sem fim. A Melânia, de peitos mordidos, de ombros mordidos, de beiços mordidos como se aquele amor somente pudesse ser às dentadas. Melânia, a de vestido arregaçado até à cintura, sem poder ver o clarão dos archotes, nem escutar que chamavam pelo seu nome, procuravam seu corpo que havia três dias não era visto.

Foram os urubus quem deram a pista. Se não fossem os seus revôos em direção ao capinzal, fausto festim de carniça, ninguém teria suspeitado e nada teria alertado a curiosidade de todos.

E então foi quase toda a cidade acendendo tochas de sebo porque no inverno o dia é curto. A meia légua podia-se ver urubus revoando, agourentos, aterrissando céleres em direção ao capinzal, ganhando em seguida o espaço, nutridos de carniça, digerindo entranhas podres.

Se o povo não caminhasse depressa nada mais encontraria senão uma carcassa de ossos, uma caveira, restos de uma virgindade brutalmente deglutida.

* * *

Major Tiopompo foi uma das testemunhas. Suspeitavam de Davino, o sacristão. Encontraram no bauzinho de flandres de Melânia doze bilhetes, todos eles de amor.

Para que melhor acusação se ali estava a letra de Davino jurando amor ardente, paixão de levá-lo ao suicídio se Melânia não o aceitasse por marido? Para que melhor testemunho se o anel de Davino estava numa caixinha de prata, na gaveta de Melânia? Se foi encontrado um décimo terceiro bilhete de Davino, suplicando a Melânia que pensasse bem, que não lhe rompesse o coração com aquela recusa? Para que mais provas?

Assim mesmo foram arrolados quatro homens que de regresso às suas fazendas, por várias vezes viram Davino trilhando o capinzal, justamente onde Melânia era carne podre.

Uma dessas quatro testemunhas foi o major Tiopompo que nem pestanejou. Foi logo contando tudo, respondendo desembaraçado, contente, feliz, às perguntas do Juiz de Direito. Naquela noite uma garrafa de vinho do Porto ferveu-lhe o sangue. Dormiu sonhando mulheres nuas, dinheiro estufando sacos de 10 arrobas, como Prefeito demitindo os inimigos, fazendo o diabo. Um grande!

Acordou ainda mais disposto. Durante seis meses podia-se ver o major Tiopompo atravessar o largo da Igreja esporeando o "russo", torcendo as pontas do bigode, arrancando do colete branco o "cebolão" que marcava as horas em algarismos arábicos.

Mas em junho uma trovoada desabou. E a terra, esturricada, virou lama. Uma lama que escorregada dos morros lambia as ruas como uma língua enorme. Uma língua que não tivesse tamanho, de um palmo de espessura, transformando toda Santana de Ipanema num atoleiro. Pingos grossos vazando telhas que, havia meio século, serviam de chapéu. A chuva e a lama aprisionando a cidade. Durante uma semana, cada casa era uma prisão.

Na fazenda, major Tiopompo começava a sentir uma tristeza amortecer-lhe os nervos, torná-lo lerdo, moroso. As suas pernas não estavam inchadas nem inflamadas as suas mãos, mas ao andar major Tiopompo sentia-as chumbadas. Mesmo ao segurar a asa de uma xícara os dedos ardiam como se, em cada um deles, um panarício estivesse nascendo. E veio uma insônia que lhe tirava o apetite, prostrava-o durante todo o dia na cadeira de lona.

Nem a chuva, nem a lama tinham culpa naquela tristeza.

Longe de sua Fazenda a trovoada fazia estragos.

Apenas molhadas as suas terras se perdiam de vista, enraizando-se nas touceiras de milho, embranquecendo-se nos capuchos de algodão, dando seiva a troncos que estendiam braços para frutificar pinhas enormes.

Qual a razão daquele sofrimento? Qual o motivo que o forçava a se distanciar dos filhos, da mulher, até mesmo do retrato que o espelho da sala lhe podia oferecer? Aquela depressão aniquilou-o para sempre quando se viu forçado a trepar numa cadeira e enlutar o espelho. Agora, sim. Podia passar defronte dele, olhar, cansar-se de ficar olhando-o porque, então, sem nenhuma luz, estava empretecido naquele pedaço de pano.

E major Tiopompo sentiu os lábios se abrirem, ficarem, por um instante, adocicados. Terrível engano!

Não demorou aquele remorso a recrudescer, a atravessar, de lado a lado, a cabeça, numa repetição de marteladas como se compridos pregos estivessem sendo batidos. Doloroso! Horrível! Sepulcral!

Esteve a ponto de gritar pela mulher, chamar os filhos. E no meio deles lavar aquela nódoa desabafando tudo! Desabafando sem omitir nenhum detalhe, para que todos ficassem sabendo como seu pecado era negro. Depois, cair de joelhos diante da mulher, pedir-lhe perdão, enxugando as lágrimas em sua saia. Desfalecer. Pedir a morte!

Porém major Tiopompo estava sem forças, fraco demais para poder soltar um grito. Antes de cair tentou agarrar os ferros da cama. Tombou pesado, como um fardo, ficando durante a noite estendido no chão, lembrando um homem que houvesse recebido um tiro nas costas.

Acordou tarde. Sol alto. E tremendo foi o seu esforço para conseguir arrastar-se até à mesa, ficar derreado na cadeira, pernas para um lado, os braços para outro.

Naquele dia Davino iria ser julgado.

Às duas horas da tarde o Juiz de Direito começaria a sortear os jurados. Tressandando a suor ficaria o salão do Júri, mesmo que do tamanho de uma praça fosse.

Quem deixaria de ver o sacristão na cadeira de réu, de ouvir o promotor reverberando numa catilinária, se em Santana do Ipanema não existia outra diversão a não ser um circo, de ano em ano? Se somente na véspera de Natal a cidade tomava um ar tão festivo?

Um júri de um criminoso daquela espécie era a melhor diversão daquela gente.

* * *

Major Tiopompo, por sua livre e espontânea vontade, ficaria o resto da vida estendido sobre a mesa. Mas aquele remorso que lhe emagrecera os ombros, afinara-lhe os dedos, fizera-lhe desaparecer dos olhos aquela força de ímã — obrigava-o a deixar o quarto.

Dona Ingrácia, vendo-o tão pálido, indagou:

— Estás doente, homem? Por que não vais à cidade? Pede a "Seu" Coriolano um purgante!

Não se sentia bastante forte para desembuchar aquela estória à sua mulher. Nem tampouco aos filhos. Certamente o amaldiçoariam, cuspiriam de nojo.

Esperou que trouxessem o cavalo para escanchar-se na cela e partir numa desabrida louca. De ventas abertas o cavalo levantava um poeirão, suando, castigado pelas esporas, pelo chicote dando lapadas nas duas anças. De crinas ao vento vencia atalhos, pulava cercas, deixando revoltas as águas do riacho. Talvez um "fordeco" não vencesse aquela distância em menos tempo.

Que máquina de carne aquele cavalo! Agora martelando o calçamento de pedra, voando de rua acima.

Cem metros a mais, a Prefeitura (onde se realizavam as sessões de júri) estava compacta, gente se equilibrando no peitoril de janelas, trepada em caixões de cebola.

Na cadeira de réu o sacristão absorto, indiferente a tudo aquilo, de cabeça caída como se desejasse dormir.

Quando o Juiz lhe perguntou onde estava o seu advogado, se tinha alguma declaração a fazer, Davino limitou-se a abrir os olhos. Nem uma palavra em sua defesa. Nem um gesto que pudesse amainar a repulsa dos jurados.

Comum era o réu abrir a boca, cair num pranto de fazer dó; imitar carpideiras.

Davino mais sugeria um bronze que na cadeira houvesse sentado, um ornamento entre aquelas paredes bolorentas. Nem uma palavra, nenhuma contração muscular ao ouvir as tremendas acusações que o escrivão lia nos autos.

Apesar do cavalo correr muito, quando major Tiopompo se apeou, já haviam os jurados se pronunciado. Começava o Juiz a ler a sentença, citando artigos e parágrafos do Código Penal.

De pé, Davino escutava a sentença de trinta anos, sem aperceber-se de nada, como se o que ouvisse fosse uma declaração de um prêmio que a municipalidade acabava de lhe conceder.

— Trinta anos — frisou o Juiz.

Nesse instante major Tiopompo empurrava, acotovelava, praguejava aquela gente que lhe interditava a passagem.

Aos berros major Tiopompo se acusou!

Conseguira chegar ao salão. E defronte do Juiz pediu que a sentença fosse para ele. Para ele que havia amado Melânia, seduzindo-a apesar dos seus sessenta anos, arrochando-lhe o pescoço no momento em que o amor era orgasmo; matando-a no momento supremo.

Então, Davino se enfureceu. Libertou-se daquela indiferença e protestou. Protestou como quem se vê roubado. Protestou impondo respeito à lógica. Fez ver que Melânia não se iria entregar a um velho como o major Tiopompo (e apontou para o peito arfante do velho), um velho careca que, de amor, nada sabia. Entregou-se, sim, a ele, Davino que sempre a amara, que daria a vida para obter aquele amor. E a todos convenceu alegando que no bauzinho de flandres de Melânia foram encontrados bilhetes que ele lhe escrevera. Novamente feriu o peito do velho com o dedo afirmando:

— Esse velho enlouqueceu; sim, enlouqueceu.

Aquilo não podia continuar. Era um desrespeito à justiça. O Juiz reclamou silêncio. E fez um gesto a dois soldados de Polícia. Imediatamente os soldados torceram os braços do major Tiopompo, carregando-o para fora, aos empurrões. Desrespeitosamente.

* * *

Major Tiopompo não resistiu! Impossível sobreviver àquela injustiça!

Fora Davino quem enlouquecera por não poder amar Melânia.

Davino — que se convencera ser o senhor de Melânia quando, na verdade, apenas em sonhos ele a possuíra.

E numa tarde quando todos da Fazenda colhiam espigas verdes para canjica de São João, major Tiopompo selou o cavalo. E foi-se, pela garganta de dois morros, para nunca mais voltar...

DOIS ENTERROS

Há quatro horas caminha um enterro e o cemitério ainda está longe. Faltam três grandes curvas; a percorrer ainda falta uma imensa reta e os homens já estão cansados,

De tão cansados, as mãos repousam na terra o caixão e abrem os dedos, tornam a abri-los em leque. As unhas, a princípio pálidas, depois se azulando e uma cor vermelha se circunscrevendo em torno das falanges. O caixão se umedece, espera inclinado na ladeira — e depois que as mãos descansam, o caixão continua a subir, penosamente a subir, os tacões das botas a triturar pedregulhos que se entrechocam e rolam em baixo.

Não conversam, não praguejam, não maldizem da umidade, nem do frio, menos ainda das larvas que se metamorfosearam em mosquitos com a chuva. Também não choram e nenhum lábio deixa vincular o mais leve traço de dor. O que fazem é andar, segurar o caixão, perceber o ruído dos próprios passos se prolongar e ferir o silêncio que tão funebremente acompanha esta marcha de quatro horas.

Neste enterro não há mulheres, exceto a defunta que morreu de parto. São em número de nove os homens calçados de botas, são também nove os capotes que se fecham no pescoço e descem até às pernas a lã cinzenta, molhada. E até os quatro que, agora, carregam o caixão, levam a tiracolo cartucheiras, rifles. E por último, andando encurvado, um homem perfuma as mãos segurando as violetas da coroa. As faces são todas máscaras pois em nenhuma se estampa a mais silenciosa e discreta saudade. O frio engelhou as árvores, engelhou as folhas e, como se não estivessem respirando, elas sugerem tecidos clorofilados de um vasto museu. Silêncio, frio, umidade que brota da terra e que desce das nuvens — mais o triturar dos solados no caminho lamacento. Nada mais, a não ser a defunta que deve estar de lábios anêmicos, de orelhas tombadas, de pés e ventre inchados. Porém nada acerca da defunta pode-se afirmar: a tampa lacrada fez do caixão um cofre.

As botas não respeitam os poços de lama, as arestas afiadas dos pedregulhos. Avançam.

Para quem morre em Três Grotas, o cemitério é uma mapa tortuoso; sobe-se morros, passa-se por baixo de maraúnas de gameleiras e após três grandes curvas que precedem uma enorme reta o caminho ainda se prolonga.

Por isso os homens andam armados. Rifles, cartucheiras a tiracolo, garrafas de cachaça para matar o frio.

Faltam dez para as cinco.

E as pernas apertam a marcha, estimulando os músculos. Ainda falta muito a percorrer e nem se avista, mesmo de longe, o cinto branco dos paredões. Com a pressa, a defunta sacoleja as tábuas de pinho e um som surdo, abafado, evola-se da obscuridade onde os ossos se atritam. O couro rangindo no calcanhar das botas enlameadas.

*   *   *

Por um atalho o enterro ultrapassa toros de madeira, restos de troncos que se esfacelaram numa noite furiosa, mas ainda têm muito que andar. Nem o pára-raios da Prefeitura, nem as agulhas das torres foram vislumbrados.

Será um sino? O! É um vento, ríspido e abrupto que a uivar de muito longe assemelha a sua vibração à de um metal. E a morta, de um lado para o outro sacoleja os ossos no escuro do cofre preto, dourado de ouropel numa cruz irregular e assimétrica.

*   *   *

Este enterro chegava do Norte mas do Sul também um outro trazia defunta de parto.

Se houvessem sabido em Três Grotas que alguém havia morrido em Dois Riachos — a defunta não teria viajado naquela tarde. Ficaria sendo velada mais uma noite, entoariam mais ladainhas, desfiariam mais terços. Não somente por uma noite a defunta de Três Grotas esperaria. Esperaria duas, três, todas as noites, apodreceria de tanto esperar; seria enterrada no quintal como fazem com os cães. Não aconteceria o que eles tanto procuravam evitar. Mas ninguém de Três Grotas soubera que em Dois Riachos uma defunta, naquela mesma tarde, seria um corpo a caminho da paz.

E na clareira que precede as catacumbas, já depois do portão, encurralados por um ódio que se fortalecia em cada geração — duas famílias, duas inimizades se defrontaram.

De um lado um caixão à beira de uma cova, do outro também um outro caixão que se confundia no tamanho, na cor fúnebre do primeiro.

Até num momento como aquele a dor não desfalecera uma velha rixa. O coração de todos era vingança. As consciências embotavam o presente, a elas o importante era o passado, o ódio latente apesar de anos, de muitos anos.

E à beira das covas os caixões figuravam dois fardos esquecidos. O instinto de defesa viu nos tijolos dos mausoléus sólidas trincheiras e, agachados na camuflagem das touceiras de cróton, das moitas amarelas de cravos, homens suavam apesar da umidade, ruborizavam-se-lhe as faces apesar do frio que nas lápides chegava a queimar de tamanha gelidez. Os rifles fumegavam nas pontarias certeiras e num coração mais exposto as balas se alojavam, abriam feridas borbulhantes de sangue grosso, descendo em filas pelo abdômen, pela testa, pelas costas.

As duas famílias desobrigavam-se de um sortilégio. E avançavam para assassinar à queima-roupa; em seguida, caírem assassinados no mesmo lugar e ficarem abraçados, depois, numa morte em comum. Facões lascavam cabeças e já vermelhas as lâminas mais se avermelhavam rompendo cartilagens, aprofundando-se nos tecidos, paralisando o mecanismo funcional das células. Até as defuntas foram baleadas, mais vezes ficaram mortas, indefesamente mortas.

Depois — uma solidão caiu sobre tudo aquilo. No entanto, algo foi denunciado pela lua. Já madrugada, quando as nuvens se lavaram e pálida a lua desabrochou, aos poucos a sua claridade foi-se derramando sobre o cemitério e homens, como se estivessem a dormir, emaranhavam-se numa confusão semelhante a um rolo de cobras. E em vez da cor verde dos crótons, havia um vermelho escuro salpicando as folhas, tingindo de rubro as cabeças amarelas dos cravos, empastando as lápides de nódoas de sangue coalhado.

E a lua prateou por muito tempo o lastro de dois caixões escancarados, vazios, completamente vazios.

Os primeiros ratos começavam a sair das tocas, de olhos acesos, peludamente nojentos, farejando com apetite a atmosfera.

JAGUARÉ

Agora, Amadeu não precisa mais de relógio. Sabe muito bem nunca mais precisará saber das horas e pouco se lhe importa seja comprida a noite.

Um sono doente impede a velha de ver Amadeu fumar, cigarro no canto da boca sem fumaçar-lhe os bigodes, cigarro lentamente se transformando em cinza, cinza que esfria e teima em não cair no peito descoberto.

Os braços enrolados por trás da cabeça, que não dói mais, os dedos sentindo as carnes do pescoço sempre tão branco. (Repousando como se pela primeira vez pudesse afugentar o sono, Amadeu pensa e raciocinando sempre a mesma coisa, esfrega as mãos; não se recorda de ter visto antes a escuridão do quarto nem o vulto do guarda-roupas como uma porta surgida não sei de onde).

Nenhuma lembrança de ter aquecido o colchão com os olhos abertos, escutado o vento da noite, visto nuvens desembestadas apavorarem madrugadas pela janela entreaberta. Nenhuma recordação, tivessem relâmpagos incendiando-lhe as pestanas, sempre volvidas para a parede onde o retrato de Jaguaré imperava numa moldura.

Procurava a cama já cheio de sono, era bocejando que Amadeu vestia o camisolão, havia tempo que a velha era para ele, velha demais. Entre eles a intimidade tinha cessado havia anos mas Catarina exigia um beijo, todas as noites entregava a Amadeu seus beiços moles e depois de benzer-se avançava até à boca de Amadeu suas gengivas murchas onde nenhum dente se implantava para mascar fumo.

Amadeu sempre dormira assim, de repente, quando descalçava os chinelos já estava sonhando procurando a cama de ferro fazendo barulho, arrastando sem pressa os pés no corredor estreito. pequeno.

Talvez Amadeu nem sentisse o beijo de Catarina, com o sono ferrado fosse beijado pela mulher. Dormiam nos fundos da casa num quarto sem forro, paredes grossas, marretadas certa vez para abrir uma janela dias antes de Jaguaré nascer. O balcão da loja onde fora a sala de visitas, depois cercado por gavetas onde Amadeu viveu vendendo rendas, presilhas, medindo no metro amarelo de madeira ordinária braçadas de fitas, fitas largas e estreitas, fitas brancas, azuis, cor-de-rosa e vermelhas surgidas das suas mãos à maneira de serpentes.

Amadeu fizera planos, desejara sair de Santana do Ipanema, revê-la somente anos depois como um homem rico, entrando na cidade pela estrada do Monumento, buzinando alto, chispando num automóvel de cor berrante.

Queria viver em São Paulo, enriquecer no Sul, ganhar dinheiro num meio estranho, ele sozinho vencendo tudo, prosperando sempre. Sonhava com o barulho da metrópole no silêncio dos dias quentes e sempre depois do almoço folheando revistas estragadas, queria cruzar avenidas e ruas que as páginas estraçalhadas mostravam.

Embriagava-se com os pensamentos fixos, sempre repetidos, sempre os mesmos como nuvens estateladas de tardes sem vento.

E via-se despedindo-se de Tibúrcio Fogueteiro, ganhando dinheiro de Padre Bulhões quando fosse pedir-lhe bênção; alcançando Maceió depois do caminhão deixar atrás de si retas vermelhas da estrada de Palmeira dos Índios; caminhão contornando os precipícios do Tabuleiro do Pinto numa marcha de aleijado, vagarosa, minutos antes da capital de Alagoas surgir nos casebres de Bebedouro.

Sem conhecer a estrada, revia-a sempre como próspero caixeiro-viajante de rota contumaz. Era escutando as pabulagens de Zé Pó que Amadeu aprendia coisas, ficava sabendo que o mar de Maceió era domado por trapiches, donde alvarengas desatracavam carregadas de fardos de açúcar, visando cargueiros e paquetes fundeados longe, bem distante da praia.

Naquelas noites de aventuras narradas no pátio da igreja, Amadeu sonhava com as estórias que o chofer de caminhão dava cunho de verdade, coloria-as com tinta forte até que a cozinheira do Hotel Ipanema descia pela escada dos fundos e abrindo o portão como quem não quisesse nada se perdesse no beço.

Nessas ocasiões Amadeu revia Catarina como um trambolho. Odiava-a quando sentia ser impossível largar-se mundo afora, viver distante de Santana do Ipanema.

Não devia ter-lhe falado, com as suas poucas falas de analfabeto ter dito a Catarina que gostava de seus modos.

Continuava Amadeu sonhando aventuras mas não era besta de fugir. Tinha medo da fome e quando via mendigo pedindo esmola sentia vergonha. Mas enquanto não se decidia, ficava vermelho ao cruzar com Catarina, detestando-a apenas quando os seus sonhos se avolumavam durante o seu trabalho de enxada no cercado de Padre Bulhões, sonhos sempre presentes quando aprendia a ler estudando na cartilha da escola noturna, depois de amansar mulas durante as tardes, animálias depois vendidas como montaria de chouto.

Mas o seu pensamento nunca deixava de fremir, estivesse Amadeu capinando ou de cabresto em punho, quando a sua imaginação inventava e via em seguida com nitidez uma cidade estranha, terra longínqua acolhendo-o como a terra que ele lavrava.

Nessas ocasiões Amadeu se enternecia e murchava os olhos com se estivesse em cima de uma cabrocha... Delirava, às vezes. E, com os olhos soltos não via mais as águas sujas do rio nem escutava sequer os roncos da cheia de junho a ensurdecê-lo.

Esquecia-se de tudo, vendo somente a cidade grande que as folhas de revistas de barbeiro lho haviam, certa vez, mostrado impressionado. Vendo as ruas de São Paulo, as avenidas de São Paulo cruzadas por viadutos de cimento armado, sonhando e se esquecendo que Padre Bulhões sabia repreender, danar-se-ia se o visse de queixo apoiado no cabo da enxada.

Não era filho de pai rico, sendo pobre não poderia devanear. Desconhecia até mesmo o pai, se fora a própria mãe quem o abandonara detrás do altar-mor. Amadeu não tinha certeza.

Durante o dia aquelas fugas para uma cidade que somente conhecia por fotografias e de noite aqueles outros sonhos que traziam Catarina com coxas de mulher feita.

Coxas vistas uma vez sem querer, coxas peludas e grossas esmagando-lhe a cabeça com pesadelos. Coxas jamais esquecidas desde uma tarde rasgada por zurros de jumentos que atropelavam no cercado da baixada, vizinho do tanque público onde lavadeiras ensaboavam sujeiras.

Já conhecia Catarina, sabia o quanto cabeludas eram suas pernas que subiam a ladeira de Camunxinga para deter-se em barracas de sábados de feira.

Era aos sábados que a feira atraía Catarina e de lá da porta da igreja Amadeu a espreitava, aguardando-a com os olhos cheios de gula, sentindo o coração atordoar seu peito largo.

Então, começava a possuí-la, era de longe que Amadeu namorava a Catarina desatenta, seguindo-a apenas com os olhos, nunca se atrevendo a barrar-lhe os passos, ver de frente a ruiva de seios túrgidos que pechinchava comprando abóbora, pimentão e jacas que vinham dos sítios em caçuás.

Amadeu continua se recordando. O cigarro seca-lhe a boca, a tosse que lhe aperta a garganta obriga-o a sentar-se e ainda na cama acende a luz.

Lá está um retrato que Amadeu detesta, à parede caiada um retrato amarelece uma antiga moldura. Não parece mas é o retrato do casamento de Amadeu, a fotografia não tem grinalda mas é um instantâneo batido na sacristia logo depois de Padre Bulhões ter tirado dos ombros a estola que manchava de escarlate a sobrepeliz.

Os anos não lhe perturbam a memória, todas as vezes que relanceia a fotografia Amadeu se recorda, como agora, dos soluços da noiva. E a Catarina amuada lhe invade a recordação com olheiras de quem velou, chorando durante a cerimônia, atravessando a nave ainda de nariz vermelho.

Uma Catarina tão diferente daquela outra, que não corou nem sequer abriu a boca, quando Amadeu lhe apalpou as carnes da bunda como quem apalpa travesseiro lá no crepúsculo dos lajedos onde desafiadores relinchos de éguas, ecoavam; uma Catarina diferente, sem choro nem venta escarlate, uma outra Catarina, decidida Catarina que voltou no dia seguinte porque quis, porque gostou de se entregar em pleno campo, ser de Amadeu que a encontrou deitada na terra cheia de sombra, tudo isso sem ninguém ver embora eles estivessem vendo a torre e vislumbrassem Davino, sacristão tangendo bronzes de sinos fúnebres. Tudo isso sem nenhum grito de dor levado pelo vento que corria manso.

Amadeu quer levantar-se, beber água, mas antes de atravessar o quarto se recorda da única violência daquela tarde: estraçalhara, sem aperceber-se, reduzira a frangalhos o porta-seios de chita de Catarina.

E a lembrança do primeiro sábado de fevereiro aviva-lhe carrancas de testemunhas que cravaram fisionomias contrafeitas nos tijolos à maneira de quem estivesse escutando decepcionante testamento.

Ninguém enfatiotado na cerimônia apressada, um leque, sequer, nas mãos da madrinha ofegante. Sem o fraque, como poderia o juiz lembrar um gafanhoto? Cochichos. Resmungos.

A sala sem cheiro de rosas, nada que lembrasse bodas nas janelas despidas. Bem diferente da cerimônia da igreja, onde havia cravos embranquecendo o altar, e sinos, todos os sinos repicando depois de um amplo sinal-da-cruz de Padre Bulhões lhes retalhar as cabeças.

E como se esquecer do tapete onde seus pés se detiveram antes dos joelhos se dobrarem nas almofadas; como se esquecer da fala de Padre Bulhões, logo a dele, nunca escutada quando os outros se casavam!

Antes Padre Bulhões exigindo que flores de laranjeira não rebentassem perfume entre as mãos da noiva enrubescida. Que Catarina se casasse como uma amasiada que depois se torna esposa na presença do Cristo. Nada de simulacro, nada de mentiras sob o olhar morto do Cristo Crucificado. Catarina se casasse de vestido comum, exibindo qualquer cor exceto a das virgens que procuram a casa de Deus vestidas de branco, calçadas de branco, coroadas com grinaldas de jasmim. Sim, era o seu castigo. Padre

Bulhões punia assim os precipitados, com essa singular exigência ele impunha penitência, constrangia.

Com a boca esturricada e sentindo uma sede desconhecida Amadeu avança, chega à cozinha ainda se lembrando da voz de Padre Bulhões vibrando no sermão de advertência, dando graças à Santíssima Virgem por não ter Catarina ido parar na Rua do Fogo, ter Catarina pecado e insistido no pecado somente com ele, Amadeu.

Os curiosos estarrecidos, surpresa para Amadeu que jurava não ser Padre Bulhões, seu pai-de-criação, tão implacável e numa ocasião como aquela abrir a boca para malhar Catarina, logo ele que não gostava de subir as escadas do púlpito nem para saudar o Bispo.

Amadeu ainda quer beber água mas esquece o copo cheio no mármore das moringas e retorna ao quarto sem sentir a febre dos lábios esturricando-lhe a boca, onde dentes amarelos se enfileiram desordenados.

Catarina continua dormindo no quarto iluminado por luz forte. Uma Catarina desacordada que não escuta os chinelões arrastados por Amadeu nem se sobressalta quando o velho tropeça num tijolo frouxo. Ela dorme, sem ricto sua face ressona, sem amargura nas feições engelhadas Catarina repousa e desconhece que Amadeu está de pé se revendo na fotografia sem pose, instantâneo depois ampliado por um curioso.

Ah! se Catarina soubesse por onde anda o pensamento de Amadeu! Ah! se ela duvidasse, porventura, que Amadeu insiste em se lembrar como inexpressiva fora a sua primeira noite de casamento!

Mas Catarina não pode saber nada. Seus cabelos continuam incendiando o travesseiro de lã-de-barriguda e somente o seu nariz dá sinal de vida quando se dilata numa respiração ofegante. Catarina a tudo ignora. Talvez esteja sonhando, talvez durma num profundo sono vazio.

E Amadeu insiste em querer se lembrar da primeira noite de casamento; noite sem segredos, noite em que nada fizeram, porque tanto ele quanto Catarina já se viam, se encontravam com indiferença, como se se conhecessem de sobra, e um olhasse o outro sem enlevo, chateados se interrogassem, ambos sem sentir aquele antigo desejo, indomável desejo que os unia em descampados como animais.

Noite em que ambos maldisseram o casamento, esconjuraram-no. Noite de desilusão, porque mesmo antes da madrugada, tanto Amadeu quanto Catarina já se sentiam enfadados, pressentindo que a vida em comum os separaria.

E antes do relógio badalar na madrugada, eles não tinham mais dúvidas, sem se tocarem já eram inimigos, sem se falarem já se odiavam. E um choro arrebentou a mudez de Catarina, até então no meio do colchão, sentada sem prumo, de borco; não se falaram, nenhum deles disse, sequer, coisa alguma, mas embora emudecidos tivessem eles certeza absoluta de que haviam errado, perdidamente errado quando consentiram casar-se.

Não havia mais jeito. Brigariam, ela seria espancada depois de dizer desaforos, quebrar pratos, sacudir pires nas paredes caiadas. Ele, Amadeu, abominando Padre Bulhões, desejando tudo de ruim ao homem de batina, ao crente que o condenara depois de prendê-lo a uma mulher, que seria sempre sua, sua para toda a vida, sem precisar proclamas, certidão de nascimento, aliança.

Mesmo antes do coito, quando as promessas se avolumam e as juras fluem, jamais eles falaram em casamento, ter filhos; queriam, sim, se encontrar todas as tardes, sem ninguém saber se amarem no campo como animais. Livres. Amarem-se à estrebaria abandonada que servia para isso mesmo, quando chovia eles iam para lá e escutavam a chuva depois de se beijarem como doidos e como doidos sentirem no corpo o calor de um suor intenso.

Tinham, ainda, as ribeiras do Camunxinga, a estrada sinuosa do Monumento, e o muro do cemitério sempre deserto era outro refúgio.

E devido ao padre perderam tudo isso. Nunca mais poderiam sentir o cheiro morno dos sabugos quando se escondiam no silo abandonado, tábuas podres. Nunca mais poderiam se sentir livres, despreocupados se encontrarem ouvindo o barulho do rio. Teriam que suar para viver e suados se odiariam, sentir-se-iam condenados, arrebentados como sapos que houvessem perdido o caminho da lagoa e ficassem esperando a morte longe das águas.

E Amadeu se lembra de que na véspera do casamento as estrelas daquela noite cintilavam implacáveis. Lembra-se também que não pensou em fugir, se o fizesse seria capturado, Padre Bulhões tinha força como gente grande, seria detido e de mãos amarradas voltaria a Santana do Ipanema para recomeçar a vender rendas, botões, jardas de morim, metros de cretone. Vender pasta de dente, pentes, espelhos e carretéis, arrumados em prateleiras de uma loja, a dele, aberta e sortida pelo padre punidor.

Loja idealizada pelo padre, benta pelo padre que após esse ato deixou-o sozinho, como perdido, encurralado pelo balcão, à espera do primeiro freguês.

Durante todo o mês de janeiro se habituando ao novo modo de vida, durante todas as noites prestando contas ao padre que o escutava cismarento, depois de ler o caixa diário numa folha de papel garatujada de algarismos.

O padre o experimentava. Dera a Amadeu uma loja que também tinha uma secção de víveres, a loja mista como prova dos nove; seria o seu afilhado comerciante de armazém? ou se sairia melhor negociando artigos importados de Maceió e Recife?

Entendia padre Bulhões que o comércio prendesse Amadeu à cidade agreste e nunca mais ele quisesse viajar, viver em São Paulo, ficar rico por lá — coisas que Amadeu contou ao ver-se descoberto devido aos vômitos que empalideciam Catarina, tornando-a arredia, birrenta.

— Foi você? — A voz de padre Bulhões trovejando, voz aos poucos se aveludando, capciosamente se tornando mansa à medida que Amadeu se obstinava em reparar o erro, não podia, não tinha dinheiro e ele, Padre Bulhões, certamente não queria ver Catarina à cozinha, no lugar de uma negra.

Catarina não era uma miserável, tinha pai, tinha mãe, mãe que todos os anos ia a Maceió tratar dos dentes. Catarina sempre tivera posição, era de outra classe. Reconhecia o erro, se morresse sem antes se arrepender estaria condenado ao inferno, mas como se casar, tornar-se marido de Catarina se nunca vestira um paletó, sempre andara em mangas de camisa?

Catarina filha de boiadeiro, o pai de Catarina possuindo açougue e dinheiro nos bancos da capital do Estado. Ele, ó!, e mostrou ao padre os remendos que cicatrizavam a sua camisa de madapolão, enquanto dizia já estar preparado para cumprir pena de defloramento.

90

Padre Bulhões o encarando e vendo em sua imaginação caixotes, fardos, toda uma carga de caminhão enchendo uma calçada, a calçada da loja que seria de Amadeu — todo um carregamento empoeirado à espera do novo comerciante, depois de ser trazido por léguas e léguas de estradas sem asfalto.

A imaginação do Padre se desdobrando, punindo Amadeu, negando a Amadeu o que ele mais desejava, queria.

Não, seu filho-de-criação não iria p'ra cadeia cumprir pena de defloramento, iria, sim, viajar, mas somente viajar até Chicão, Maravilha, Capim, Poço das Trincheiras, conhecer e rever esses povoados como os outros comerciantes de Santana do Ipanema, que a essas vilas se dirigiam nos dias de suas conhecidas feiras.

E a imaginação de padre Bulhões começou a ver Amadeu engordando, cinturão estufando-lhe a barriga, jogando gamão, politicando, melhorando sempre, fazendo o que nunca pensou pudesse por ele ser executado, sob os caprichos de sua vontade se esquecendo dos tempos duros de sua existência órfã.

O Amadeu que queria viver conhecendo o mundo depois de ficar rico em São Paulo, esse mesmo Amadeu iria tratar com caixeiros-viajantes, encomendar-lhes dúzias de chapéus, capotes para os invernos sem data dos sertanejos, reiúnas de elástico para os majores e coronéis do município.

Amadeu, levando a vida de um comerciante que não temesse o correio nem o telégrafo, não renovasse letras-promissórias, não aceitasse hipoteca nem a hipoteca se sujeitasse.

Padre Bulhões descruzou as pernas quando em lugar da loja a sua imaginação começou a ver uma bodega onde Amadeu falsificava cachaça de litros verdes, batizando-a com água do pote. De tamancos, barba por fazer, mau hálito apodrecendo-lhe a boca onde cacos de dente restavam para ferir-lhe a língua, assim o padre viu por instantes o rapaz que à sua frente repetia estar pronto para cumprir pena de defloramento.

E Amadeu não se esquece do braço musculoso do padre Bulhões; daquele punho que desceu sobre o seu pescoço como um martelo. Amadeu se lembra de quando em vez escutando ao mesmo tempo aquelas palavras que a voz do padre rasgou como quem estraçalha um pedaço de linho: "Não o havia criado para ser coisa-ruim".

A madrugada se arrasta e Amadeu esfrega o rosto sem conseguir retirar dos olhos a poeira daquela estrada, o saibro daquela única grande viagem que o levou, a ele e a Catarina até Maceió, visão logo embotada pela paisagem do Rio de Janeiro, metrópole vislumbrada das nuvens, descortinada muito antes do avião aterrissar, logo depois da noite ter-se anunciado e reclames ferirem as barrigas dos morros com letras de gás-neón.

Todo aquele feérico era inconcebível para ele e Catarina, acostumados a ver montanhas desabitadas, habituados a viver em silêncio numa Santana do Ipanema escura e deserta. Sabia que o Rio de Janeiro era grande, mas não imaginava que a grandeza da metrópole fosse estupefaciente.

Abriu a boca e apesar de velho se abismou como uma assustada criança. Impossível se esquecer de que apertou o braço de Catarina e deu os primeiros passos no aeroporto sentindo medo da vastidão inconcebível. Tresvairava sem saber que delírio era aquele. Não admitia que uma metrópole pudesse amedrontá-lo, depois de ensurdecê-lo o barulho pudesse confundi-lo.

Vendo tanta gente estranha, nenhum raciocínio o acudia. Repentinamente havia se esquecido daquelas fotografias de cidade grande das esfarrapadas revistas de barbeiro, embevecimento de sua adolescência miserável.

Jaguaré não os esperava, o filho nascido fora de tempo, quando ele e Catarina não esperavam mais comprar berço (não vingara a primeira gravidez) filho batizado muitos anos depois do casamento ser um hábito asfixiante, esse único filho não surgia da calçada onde táxis se enfileiravam.

Jaguaré, o arqueiro do selecionado do Brasil, Jaguaré, o sertanejo arrancado de Alagoas pelo sorteio militar, o que fora obrigado a tirar certificado de reservista no corpo de Fuzileiros — esse homem de apelido selvagem não transpunha nenhuma das portas, escancaradas portas sem grades nem vidros, portas desvigiadas e abertas todo o tempo.

E ele, Amadeu, sem poder transpor nenhuma delas, sem poder fazer o que os outros estavam fazendo, incapacitado de sair daquele enorme saguão borrado nas paredes por cores de tintas berrantes.

92

Como descobrir o hotel aonde iriam ficar? Se ele já se sentia perdido, como poderia locomover-se, arrastar-se nas pernas vacilantes?

E o peito de Amadeu estrebuchou num gemido que lhe desmaiou o rosto depois de corá-lo.

Lavados pelas lágrimas que não rolavam eram seus olhos desencantos. Perto dos sapatos grosseiros a mala de couro cru esperava.

A umidade de julho suporejava-lhe a testa e um suor desconhecido alagava-lhe as mãos grossas, peludas e queimadas.

Depois, um desconhecido perguntando-lhe como era o seu nome, indivíduo que Amadeu jamais viu pedindo-lhe informações, se a viagem havia sido boa, se no avião haviam sido bem tratados.

E Amadeu custou a compreender, não atinava que o rigor de uma concentração de jogadores de futebol fosse como uma prisão. Escutava as desculpas do sujeito calvo com desconfiança.

O emissário da Confederação Brasileira de Desportos mostrando-lhe as credenciais, fazendo mesuras para Catarina, que persistia colada ao marido como se temesse aquele homem bemfalante, gesticulador. A um sinal do paredro uma fotografia foi tirada de perto, já o homem da C.B.D., abraçando Amadeu, chamando-o de você, tratando-o com uma intimidade estonteante.

Amadeu respondendo-lhe com monossílabos, gaguejando procurava palavras de frases que não se completavam. O paredro dirigindo a vida dos velhos, sem esperar por resposta avisando-lhe que depois do jantar iriam ao Maracanã, ainda era cedo, depois de trocarem de roupa poderiam ver Jaguaré, lá na concentração.

Ele, Canor, estava ali para isso mesmo, levá-los-ia ao hotel, servindo-lhes de guia lhos mostraria os recantos de turismo do Rio até à véspera do grande jogo.

Melhor teria sido se eles tivessem chegado dias antes, poderiam ver as belezas da capital do país com vagar.

Todavia, garantia não terem eles perdido a viagem. Depois da derradeira vitória do selecionado brasileiro, Jaguaré estaria livre e livre ficaria com eles o dia inteiro, a noite toda, o tempo que quisesse.

Desde que Jaguaré se tornou jogador de futebol, foi ser goleiro do Botafogo, viver da pelota, já seu vício nos exercícios de sua corporação os negócios de Amadeu prosperavam. A Amadeu pediam retrato de Jaguaré, que Jaguaré lhes mandasse autógrafos, escudos do clube, flâmulas do esquadrão invicto. A loja de prateleiras espanadas, brunidas, as mercadorias se escoando sempre pelo balcão novo, onde nos dias de jogo ficava um rádio sintonizando as defesas incríveis do filho de Amadeu. Herói.

Por isso Amadeu estranhou ter desembarcado do avião sem ninguém gritar-lhe pelo nome, vivar-lhe a presença, segurar-lhe os braços, atitudes contumazes em Santana do Ipanema quando nas tardes de domingo a transmissão reafirmava a potência do Botafogo, exaltava o triunfo das camisas pretas e brancas, depois de assinalar a firmeza, o arrojo e a elasticidade do craque Jaguaré.

Santana do Ipanema se travestindo num subúrbio do Rio, torcendo pelo Botafogo a cidade delirava, o município inteiro ciente das intervenções do astuto Jaguaré, defendendo o gol com destreza de fera.

E Amadeu estranhou mais uma vez quando no hotel exigiram-lhe documentos, deram-lhe uma ficha para ser preenchida com tinta de caneta automática.

Não estava habituado a isso, abespinhava-se com essas coisas, se amuava com ninharias. Havia tempo Jaguaré amaciava-lhe a velhice, os sucessos do filho revigoravam a saúde de Amadeu, dilatavam a vida do velho, que depois de um pôquer, quando o baralho lhe corou a face com uma quarta dama de ouro, ficou arrastando uma perna e sentindo no braço esquerdo um peso de saco de areia.

Se Padre Bulhões não fosse musgo de uma sepultura rasa Amadeu teria recebido os santos óleos, a pulso teria o padre rabujento lhe ministrado a extrema-unção.

Amadeu não acreditava mais em nada. Também Jaguaré ainda não havia sido descoberto, ainda não era o craque que o país inteiro aplaudia. Naquela época o filho de Amadeu defendia *penalties* no campo do Arsenal de Marinha e como amador vestia a camisa de um quadro de juvenis. E se não fosse um olheiro do Botafogo, um desses homens que descobrem nas peladas suburbanas jogadores com estigma de futuro campeão, Jaguaré teria regressado a Alagoas numa terceira classe de navio costeiro; teria revertido a Santana do Ipanema como um crioulo miserável e seria, na certa, negociante mal de vida, morreria sem deixar nada, pobre como o pai. Depois de cumprir o serviço militar, se não fosse o futebol, Jaguaré teria voltado para o sertão de Alagoas, onde nada de bom o esperava. Um balcão velho e sebento seria o seu único horizonte.

Raciocina aos pedaços, sem finalizar o que sua memória tentar reconstituir. Amadeu começa a limpar da testa o suor que lhe escorre rosto abaixo. Na madrugada morna Amadeu sua. Convence-se que suportaria viver se tivesse apenas escutado a derrota do Brasil, ouvido apenas a transmissão do jogo, daquele jogo sem vitória para o Jaguaré vaiado.

Por que fora ao Rio? Por que se largara mundo afora, não ficara atrás do balcão, não escutara de longe aquele terrível silêncio pelo rádio, silêncio pior que um linchamento?

E Amadeu repele um soluço que lhe entala a garganta. Se não tivesse presenciado aquele jogo e visto aquele segundo gol dos estrangeiros, se não tivesse adoecido juntamente com todo o estádio depois de um inesperado gol dos uruguaios, gol fácil para o destro Jaguaré, ele, Amadeu, não estaria sentindo vontade de morrer e morto ficar boiando nas águas escuras rio abaixo. Inchado. Irreconhecível.

Várias vezes o clube de Jaguaré perdera, saindo derrotado do campo o Botafogo. Sabia Amadeu até o total desses reveses... Mas eram derrotas decentes, coisas do futebol, não uma desgraça daquela que enlutou o Maracanã, imprevisível sortilégio.

E ele das cadeiras numeradas, ele que nunca havia saído antes do Estado de Alagoas, admirando toda aquela infelicidade que fez calar torcedores fanáticos e transformou homens em aniquilados espectros.

E como aterrador fora aquele silêncio! Silêncio de duzentas mil pessoas respirando a custo; o futebol do Brasil derrotado e o povo deixando o estádio como cadáveres que deixassem o maior necrotério do mundo e pudessem andar.

Na manhã seguinte os jornais malsinando pela primeira vez o nome de Jaguaré: goleiro inexperiente, "keeper" displicente, jogador sem senso de responsabilidade, fora de forma, nervoso. O diabo.

Ele e Catarina com vergonha de voltar ao hotel depois daquele chute que Jaguaré não viu.

Às escondidas ele e Catarina como criminosos deixando o Rio, fugindo da metrópole derrotada, lembrando-se do maior estádio do mundo como uma praga.

Amadeu sem querer abraçar Jaguaré antes de subir os degraus da escada do avião, hélices paradas qual um pássaro sem rumo. Amadeu sem querer passar-se por pai, ser pai daquele jogador que preferiu fazer golpe de vista a deter um pelotaço quase rasteiro, desferido do lado direito da grama.

Sem querer ser nada, nada, sequer um peito frio de desconhecido morto. Como um renegado se sentindo o velho de orelhas murchas. Ele que queria escutar a balbúrdia da vitória, ouvir ecos de música nas ruas apinhadas, ele que já sentia no pescoço fitas de serpentina colorindo seu jaquetão de botões escuros, ele que já se via tirando do bolso um pente para retirar dos cabelos confetes vermelhos, amarelos, azuis — mal podia olhar o asfalto deserto, de tanta vergonha temia os mais sutis sussurros.

E trancou-se no quarto para salgar as rugas de seu rosto com a pujança de um pranto incontido. Catarina também chorava. De costas eles soluçavam, com vergonha que um pudesse ver as lágrimas do outro, de cabeça baixa, derreados em poltronas opostas, eram eles olhos ardentes. Vergonha de se fitarem. Vergonha de serem pai e mãe do Jaguaré desatento, confiado demais. Durante todo o regresso como inimigos. Amadeu respondendo a Catarina com má-vontade, sem dar atenção às imprecisas indagações de Catarina, lenço no nariz enrubescido e lacrimoso. Amadeu brutíssimo.

Um automóvel correndo dentro de uma noite de Maceió, trazendo-os de volta a Santana do Ipanema num esmo de madrugada fria. Amadeu recomendando ao chofer, aos berrros, dedo em riste, que queria atravessar a cidade, entrar em casa sem ver ninguém ... Mais derrotado que o Jaguaré vazado.

E agora Amadeu não precisa mais de relógio algum. Pouco importa que o carrilhão da torre da igreja esteja badalando a quarta hora de um dia novo. Pouco importa que os primeiros galos cantem nesse sucumbido fim de noite.

Precisamente há uma hora ele chegou e como se tivesse se esquecido de tudo Catarina dorme e espichada no colchão inunda o travesseiro com seu cabelos outrora rubros.

Amadeu continua fumando, para matar o tempo traga, traga de mais o cigarro barato e sentindo novamente sede vai mais uma vez até à cozinha, vai p'ra lá arrastando os pés com barulho.

Decidira matar-se, ainda na última noite de hotel do Rio de Janeiro pensou nisso, mas Amadeu não quer o rio temporário sabendo Catarina, apenas, modorra.

Amadeu queria Catarina submersa por um sono intangível e por isso deixou todo o tempo a luz acesa, o quarto iluminado madrugada afora enquanto pensava, sempre pensando e esperando o momento oportuno para descer as escadas do quintal empenumbrado.

Lá em baixo, p'ra lá dos lajedos o rio roncando numa cheia de julho.

E agora Amadeu caminha, continua caminhando sempre em direção aos redemoinhos e sem pressa vislumbra o sorvedouro.

E ninguém viu Amadeu, ninguém poderia vê-lo se arrrastando nas sombras, porque de borrões de mortalha são as cores desta madrugada sem lua.

DAMIÃO

Tocam violão na beira da lagoa e Damião me conta. Se estivessem cantando, apesar da noite escura, eu reconheceria os farristas pelas vozes, mas eles só sabem tocar dedilhando de manso nas cordas afinadas, enquanto Damião vai me contando uma estória a princípio sem graça, insossa invenção sua, inventada no momento.

Não gosto de ouvir mentiras repetidas. De tanto ouvi-las quando mando chamar Damião, ele já sabe, tem de me contar coisa nova, estória que eu nunca escutei de sua boca.

Não me imaginem um rapaz nem uma criança que somente adormecesse com os ouvidos cheios de música e com o olfato enjoado pelos doces do mundo das fadas. Sou um fazendeiro. A mulher que vive comigo está lá dentro lendo os jornais de Maceió e antes das nove horas eu não a chamarei; falta pouco para o relógio tocar e a imaginação de Damião nesta noite é excelente. Nunca a interrompo. Mesmo quando ela claudica deixo que ela se avulte, cresça e se desembeste por si mesma; afundando na rede eu sempre permaneço calado até o negro dar por finda a invenção triturada, desenxabida ou imprevista como a de agora.

Às vezes a mulher que vive comigo me recrimina, diz-me que eu fui avaro, dei pouco, gorjeta magra ao negro de pés enormes. Quando isso acontece Matilde deveria estar à janela, sem que eu a visse também deveria estar escutando sem dizer nada às potocas de Damião que imagina sem gesticular.

Não é sempre que mando chamar esse negro de língua fácil. Dias inteiros eu não o vejo e quando o procuro sempre ele está tangendo os gansos, dois enormes gansos pretos que deixam a lagoa para andar pela grama grasnando e ruflando indiferentes à vara cansada que a mão esquerda de Damião segura. Não serve, a nenhum serviço Damião se adapta; não resmunga nem torce a cara se o capataz o manda consertar uma cerca, capinar uma quadra ou amolar facões. Obedece sabendo que jamais fará direito o que lhe pedem e se eu me decidisse pela opinião alheia Damião estaria passando fome, porque eu desconheço qualquer pessoa em todo município de Santana do Ipanema que quisesse um empregado somente para tanger um casal de gansos e escutá-lo mentir, mentir de cócoras na varanda silenciosa do patrão desiludido durante noites encapuçadas.

Desafrontei-o quando o taxaram de macumbeiro, ao capataz dei carta branca e um chicote para açoitar o encrenqueiro que andou espalhando sermos nós, tanto eu como Damião, espíritas. Fosse difamar a mãe dele, não a mim que somente acredito em Deus; e deixasse a minha fazenda, mesmo assim, de costas abertas pelos talhos do relho. Fosse se queixar a quem quisesse, eu tinha testemunhas, além de uma denúncia contra ele, de estar incutindo nos trabalhadores analfabetos o pavor e a inveja. Felizmente, o medo das assombrações desapareceu, mas ainda hoje sentem inveja do negro que tem ordenado e gorjetas, quando me conta estórias e cuida dos gansos porque quer.

Matilde estava na janela, quando a chamei depois de escutar as pancadas do relógio, soube que o chá já estava coado e sem lembrá-la fui sabendo das novidades trazidas pelas manchetes do matutino.

Todas as noites a memória de Matilde resume o jornal que eu vejo de longe jogado numa cadeira como um enorme telegrama.

Às vezes quando volto cansado das plantações eu atravesso o copiar, feições carregadas, um bezerro morreu atolado, Matilde respeita o meu mau-humor e finge tão bem que embora eu esteja prevenido e saiba de suas artimanhas, chego a crer que ela está ocupada, uma arrumação de última hora a prende bem distante de mim.

Mas se eu a chamo ela não se demora a aparecer, a aparecer sempre com um sorriso, que mostra o "bridge" de ouro, feito pelo Dr. Osvaldo a mando meu, depois que a conheci num sobrado de Jaraguá, banguela, sem querer falar, com vergonha. Na véspera haviam-lhe quebrado os incisivos inferiores, brutalmente espancando-lhe os ombros, onde equimoses eram enormes fixas nódoas.

A tarde era de fevereiro e o vento varria a rua como se em Maceió não houvesse Prefeitura nem garis. Vento vindo do mar com força de ondas se quebrando com estrondo. Vento que fez o que quis com os meus cabelos, despenteada crista de rapina quando eu passei por um espelho, lá no corredor, antes de entrar no primeiro quarto de porta entreaberta.

Matilde pensou que eu fosse o outro, o outro que já houvesse escutado a porta em vaivéns repetidos, batendo no umbral carunchoso à mercê das lufadas. O silêncio do quarto era de sombras mortas. De bruços, espichada de enviés no colchão, Matilde escutando meus sapatos ranger o assoalho sujo e queimado por pontas de cigarro, disse-me que não estava dormindo e queria as injeções. Esperava pelo outro que nunca mais lhe viu os beiços intumescidos e roxos, pensava que eu era o outro, sim, o outro que esquecera num prego de parede o seu chapéu ordinário.

Eu continuava vendo as pernas da mulher que me pedira a caixa de injeções. Pernas de bailarina em repouso, carne toda ela enxuta e branca que a combinação deixava aparecer depois de cobrir-lhe as coxas e costas inertes. Os pés encardidos como se houvessem acabado de andar pelo quarto e descansassem no colchão de lençol amarrotado.

Já me dispunha a abandonar o quarto, a procurar noutro cômodo outra mulher que não estivesse doente, quando Matilde se virou e olhou-me. Espantado fiquei eu, eu que me desiludira por tantas vezes depois de ter visto prostitutas feias, mesmo horrendas, mas de pernas bonitas, via um rosto sem pintura mostrando-me os seus olhos pardos, olhos mastigados pelos bofetões do cáften, que estragaram seu nariz de perfil arrebitado.

Os cabelos jogados para trás deixavam o suor da testa empapar-lhe as sobrancelhas tratadas. Os peitos quietos na combinação suada.

Matilde era uma bela mulher surrada e nunca mais eu a pude ver tão maltratada e sedutora como naquela tarde enxuta mas cheia de ventos, quando a conheci banguela e chorosa depois de contar-me a sua perdição.

Habituara-se a apanhar e a dar ao gigolô o que ganhava dos homens do comércio daquela rua sem família. Apanhava sempre, todos os dias levava murros nas costas frágeis, todavia sempre seus dentes ficavam incólumes, nunca havia sido atingida pelos socos sua boca carnuda e lavada com gargarejos. Matilde começava a confiar em mim e respondendo-me com a boca descoberta, suas mãos torciam o lenço encharcado com desespero; e aquelas mesmas mãos que antes tentavam estacar a hemorragia com o pano rubro de nódoas, terminaram sendo afagadas por mim.

A tarde se escurecia quando nos levantamos. Nuvens carrancudas se arrastavam e todo o céu era um raivoso cinzento que nenhuma ventania poderia aplacar, fender. Matilde mais uma vez se enroscava em mim e eu aos cochichos dizia-lhe:

"Que apareça o seu gigolô!" — E incontinente apalpava o revólver que empretecia o colde e pesava sobre o meu fígado.

Não voltei à fazenda; naquela noite de madrugada comprida eu fiquei naquele quarto, úmidas paredes sem forro, telhas à vista quando na cama desengonçada eu imaginava como seria a vida de Matilde numa fazenda, se ela, Matilde, chegaria a acostumar-se com a tranqüilidade e fartura, limpeza e silêncio da casa onde eu morava.

Casa de fazendeiro que não devia, casa enorme para uma única pessoa, eu, somente eu que nunca havia me formado em coisa alguma e detestava discursos quaisquer, fossem eles de boa ou de má retórica. Se Matilde gostaria de meus hábitos simples, se ela não iria estranhar a quietude, achar ruim o relógio de horas quietas, nunca monótonas para mim.

E Matilde dormia, apesar do forrobodó do salão Matilde repousava num sono agitado. Seus pesadelos não me alarmavam;

102

natural que uma pessoa maltratada sonhasse aos pedaços, sofresse enquanto dormisse, não colorisse seus sonhos.

De cuecas eu bebia uísque e pensava, pensava muito em mim; na minha solidão de homem rico eu via a minha felicidade e se não fosse a distância, o tempo gasto em viagens sucessivas para apanhar mulher eu não teria sequer pensado em levar Matilde, botar na minha casa uma prostituta para me satisfazer e aos estranhos apresentá-la como minha mulher, transviada filha de família sob a minha proteção.

No salão os tangos se sucediam suando gente que se embebedava com vermute. Incansável a vitrola automática de discos enormes, às vezes me alheando dos pensamentos repetidos quando um saxofone rasgava a surdina melódica de um "blue".

Eu charutava como todo fazendeiro que se preza, e aguardando o amanhecer eu continuava bebendo, bebendo sem pressa, aos poucos, goles pequenos de uísque gelado porque uma insônia me visitaria se eu me dispusesse a dormir naquela cama de colchão remendado.

Uma semana depois Matilde mastigava com o "bridge" de ouro que eu mandei Dr. Osvaldo fazer. Mastigava a meu lado, vendo pelas janelas abertas da sala de jantar o verde de planícies aprisionando o gado leiteiro, de raça, arrobas sem berne ruminando, ruminando sempre e longe, lá na baixada.

Eu quis ela viesse logo. Queria observá-la, de perto acompanhar-lhe as reações e possivelmente notar-lhe angústia nos olhos nas vésperas de carnaval, vê-la chorando e chorando deixá-la saudosa quando voltasse sozinho a Maceió para os bailes da Fênix.

Havia-lhe exposto condições irrefutáveis. Teria tudo, tudo o que nunca tivera e o que pudesse uma pessoa normal imaginar, todavia a fazenda seria o seu mundo.

Dar-lhe-ia um alazão galopeador e seu seria o lago onde eu também mergulharia para trazer do fundo punhados de limo se esborroando por entre meus dedos como polpa cinzenta de jenipapo maduro.

E Matilde veio. Veio para não sair de casa, deixar-se ver somente quando eu me encontro na varanda; Matilde sempre na sala de jantar se balançando na cadeira de vime quando não

103

escuta rádio, faz ponto-cheio no cretone de colchas enormes ou fica soletrando alto páginas de romances sem importância.

Não quisera o culote e viu o cavalo com os arreios de prata, amarrado num mourão, sem se perturbar.

Não tinha medo de segurar rédeas, mas iria conhecer a fazenda comigo, conhecê-la aos poucos, a meu lado, conhecê-la como eu a revia, sempre a pé, caminhando léguas batidas manhãs inteiras, na hora do almoço um empregado trazendo o alforje, aberto debaixo de uma caraibeira onde eu fumava o charuto do almoço. Agüentaria o rojão. Não a forçasse a galopar nas patas de um cavalo inteiro.

E faz meses, creio que oito, Matilde se avermelha à boca somente para mim, pois quando chega gente de Maceió, a mulher que vive comigo desaparece, a contragosto meu fica na cozinha ou se tranca no quarto fechando também a janela como se eu a estivesse punindo.

Compreendo Matilde queira somente se embelezar para mim, só aparecer pintada e cheirando para o homem que vem lhe dando tudo durante todo esse tempo. E quando me encontro sozinho, às vezes, chego a rir do escrúpulo dessa mulher que já foi de todos.

Nem a Damião ela dirige a palavra, a nenhum homem a não ser eu ela interrogou desde que chegou aqui. A todos cumprimenta descolando os lábios e inclinando de leve a cabeça, só de leve, como se estivesse com vergonha de rever os seus pés de dedos enormes. Teme intimidade? Não sei.

A princípio supus fosse o retraimento de Matilde tapeação, temesse ser enxotada, ficar desamigada depois de uma desavença entre nós e ter de voltar para o sobrado de Jaraguá. Por isso se acautelasse, não quisesse conversa senão comigo que estava surpreso com o seu procedimento e começava a habituar-me com os seus modos discretos. Dissera-lhe não querer filhos e ainda não fui importunado com a desagradável notícia de vir algum dia a ser pai. Em nada Matilde me molesta e os seus dezoito anos me satisfazem com a sua carne sempre cheirando a sabão que lavasse, lavasse bem seu corpo, agora, roliço.

E não sei se é devido ao verão ou ao trabalho que me esfalfa nestes dias quentes, mas agora eu não sinto mais vontade de rever Maceió, nem de trair Matilde, traí-la andando com outras como era costume meu até ao terceiro mês de nossa vida em comum.

Não disse nem direi à Matilde que a carta da semana passada é uma denúncia, conta-me a sua vida como se eu estivesse desconfiado e tivesse pago a alguém para desencavar os seus erros, dizer-me tudo de sua passada existência porca.

Guardei no cofre a carta de uma única folha de papel; carta de quem sabe dizer as coisas sem estragar palavras, carta assinada pelo seu marido, assim ele o diz; carta que eu não sei de cor embora o seu conteúdo esteja desde ontem à minha memória, embaralhado e espesso remoendo e estragando a calma de meus pensamentos. Carta assinada, carta sem falhas, com o endereço do remetente e tudo, selada e registrada, lida apenas uma vez.

Confesso o choro que me adoeceu olhos. Confesso ainda a minha desventura acreditando na Matilde que largou o marido, deixou o bodegueiro de Águas Belas para nunca mais voltar àquele município de Pernambuco onde um homem ficou desacreditado, visto como um impotente, apontado como um corno. Matilde fugindo com um fazendeiro de Ilhéus, indo fornicar com ele debaixo dos cacaueiros quando não se entregava, também, aos três filhos adolescentes do sedutor, que sabia de tudo e achava direito toda aquela safadeza. Depois, o esgotamento de Matilde, a fuga de Matilde que terminou numa rua de Maceió para não morrer golfando sangue, tísica de tanto se entregar aos quatro sujeitos.

E o marido a esclarecer-me: não a queria de volta, somente me avisava, me punha a par de tudo por ter sabido que eu tratava bem a sua mulher, dava tudo a Matilde e Matilde só gostava de homem ruim, espancador.

E junto com a carta o bilhete que lhe deixou Matilde antes de se assentar na boléia do carro do fazendeiro tarado, pai de três filhos doidos.

O correio dessa carta chegou na quarta-feira da semana passada e naquela mesma noite eu mandei o meu capataz a Águas Belas, voltasse logo se o bodegueiro houvesse dito a verdade; queria ter certeza, mais uma vez não desejava ser injusto, mas uma descarada à minha fazenda, vivendo comigo com silêncios de víbora só sendo liquidada. Por isso fosse logo.

E eu conheço o meu capataz. Não foi essa a primeira vez que ele me disse adeus antes de investigar, esclarecer situações antevendo tranqüilidade para o meu caráter de solitário que nunca precisou mentir e vive regalado devido aos olhos dágua das minhas trinta léguas de terra. Isso aqui é sertão e caatinga não foi feita para os dúbios.

Eu conheço muito bem o meu capataz e ele ainda não voltou. Por isso eu mandei chamar Damião e agora ainda tocam na beira da lagoa como se fosse hoje noite de festa.

Para quem não sabe de nada a incomum escuridão desta noite nem uma toada sugeria, mas mesmo sendo de breu, noite amortalhada, eu dei cachaça para quem quisesse dedilhar, fazer o violão gemer e decantar, enquanto eu estivesse na rede do copiar escutando uma história do negro Damião.

Eu conheço muito bem o meu capataz e quando ele não retorna à fazenda, fica como agora, não sei por onde, uns dias sem me ver depois que eu o mandei investigar uma intriga e desmascarar um infame, já sei: houve um assassinato, ele matou mais um.

Nessas ocasiões meu capataz nunca volta antes de uma semana. É praxe sua assistir a primeira missa do defunto; assisti-la contrito, com os olhos encarnados. Ele mesmo me disse isso.

Matilde não sabe de nada, desconhece a morte do seu pretenso marido. E eu continuo simulando, persistindo em ignorar, aparentemente desconhecer essas trapalhadas, que me induzem a escutar o negro Damião mentir quando o meu capataz faz viagem como a de agora.

MADRUGADA

Jurou desconhecê-lo. Contaria à avó, agarrado à sua saia dir-lhe-ia tudo, e somente soltaria as mãos da cassa azul de seu vestido, quando obtivesse o que lhe iria pedir. Pedir-lhe-ia pouco, mesmo nada a quem possuía terras, casas, sobrados, prataria, gado e um descaroçador de algodão.

Esperava a aurora se revelasse, aguardava o arrastar das chinelas de Teresa para pular da rede, escapulir-se pelo portão dos fundos. De camisolão venceria a praça, de pés no chão galgaria os dois lances da escala.

E depois de atravessar o corredor, correndo ainda entraria de quarto adentro, escancarando na carreira aquelas portas, vigias do sono da avó havia anos.

E chegou a antever o horror desmaiando a avó, as verdades de suas palavras esfriando-lhe o corpo, a avó, coitada, estendida no assoalho de tábuas largas.

Nenhuma imagem perpassou-lhe a imaginação de que não seria levado a sério; não se via levando cocorotes, os dedos da avó a beliscá-lo, a beliscar-lhe os braços, nódoas no pescoço atestando a violência dos golpes; não se via esconjurado, afastado por bofetadas que lhe encheriam as faces de um vermelho de rosas bem abertas; não supunha escutar a avó a recriminá-lo, sua voz grave, pausada a admoestá-lo também não ouvia, outrossim, nenhuma palavra que o taxasse de maluco, de cego, de mentiroso.

107

E o menino espera que as telhas de vidro deixem de coar tamanho plenilúnio, que a madrugada desfaleça, morram todas as claridades deste fim de noite. O menino espera deitado no branco de sua rede tersa, deitado como se estivesse dormindo um sono de mirabolantes sonhos, dormindo a sua última noite naquela casa de cumieira alta; o menino continua esperando, ouvidos atentos, (quase cerrados os olhos) que os chinelos de Teresa sejam arrastados nos ladrilhos da cozinha.

A rede imóvel, o menino dentro da rede qual um defunto. Agora, gestos, apenas gestos, de quem ressona, atitude de quem aguarda um sono de desfecho tardio.

E se por desventura o pai acordasse, antes de Teresa o pai calçasse as botas e o chamasse, ele seria uma criança dormindo. Fingiria. Não o acompanharia ao curral, sozinho ele fosse assistir à ordenha, sozinho ele voltasse trotando no baio de garupa desocupada.

O menino imóvel, como um defunto no fundo da rede o menino aguarda a madrugada, espera que galos cantem num prenúncio de aurora.

Por que tamanha claridade numa noite de prolongado desfecho? Por que os ventos do amanhecer não desnudam os vultos das árvores? Por que o relógio desta noite é tão moroso, tesouras cansadas sugerindo os ponteiros?

E o menino esfrega os olhos, encolhe uma perna e a coberta volta a cobrir-lhe o corpo. As telhas de vidro coando a prata de uma lua enorme, sombras esgarçadas num canto de parede onde um guarda-roupa enforca ternos de fazenda pesada.

Inesperadamente o silêncio é violado por um grito músico e pinoteador. Mas depois silêncio, silêncio imenso nem uma vez interrompido pelo ladrar do Topsy, silêncio de lago desconhecido nem uma vez ferido por uma serenata, que sempre enraivece o cachorro de pêlo negro. Apenas o persistente vôo de ventos céleres uivando longe das telhas, apenas a claridade ininterrupta de uma noite sem fantasma.

E o menino já tem os olhos fechados, antes das duas pancadas ecoarem na única torre da matriz, seu corpo começa a suar, embora o calendário não anuncie o verão.

* * *

Acordaram-no. Depois de compressas, de centigramas de piramido de boca adentro, o menino acordou tendo, ainda, um vidro de amoníaco a arrebentar-lhe as narinas.

Como se se tratasse de um bêbado, acudiram-no. Vermelhas as orelhas de tanta febre, profundas as olheiras de intenso roxo.

Viu primeiro a avó contando gotas para o seu estômago embrulhado; ouviu depois os lábios de Teresa soltarem ternuras numa fala mansa, estirada e vislumbrou ainda sentindo náusea, o pai levantar os braços num gesto de quem vai tocar flauta.

Mas ao ver minutos depois a mãe que deixava o quarto vizinho para cobri-lo de beijos, ao se ver enlaçado, ninado por uns braços que ele supunha amortalhados, o menino de súbito compreendeu tudo.

E sem responder a ninguém, surdo para as perguntas que lhe faziam, o menino permaneceu por muito tempo a olhar a porta.

Escancarada ela devassava o quarto vizinho mostrando o tapete ao pé da cama e a alvura dos travesseiros de cortiça, qualquer pessoa poderia constatar pelo vão das maçanetas destrancadas.

Nenhuma dúvida adernava a compreensão do menino. Havia o menino compreendido tudo. Aos quatro anos ele vira o mistério ter início e ser consumado.

E encarou o pai com firmeza; dizer naquele instante o que vira era, então, um frágil desejo seu, embora a sua boca se rasgasse num enorme talho de choro convulso.

E quando os braços do pai o procuram suster, qual um enorme caranguejo o menino recuou e escondendo as faces nas mãos abertas foi dizendo aos berros:

— Não me toque, eu vi você matando mamãe, de noite pela porta aberta eu vi você matando mamãe, eu vi tudo tudo sem querer. . .

O menino, pela primeira vez, não mentia.

EU VOU ENFORCAR SÔNIA

Descansados meus braços se encontram e desde essa paisagem delimita o horizonte de meus olhos, é-me o corpo repouso, embora eu não queira submeter-me a nenhuma moribunda existência.

Freqüentes rajadas descabelam coqueiros e, o vento vergastando o mar com rijas chibatadas traz até à varanda sons de uma fúria que remove as areias com sopros de bocas vorazes.

Dir-se-ia a solidão elastecesse os dias dessa ilha, como se não ouvisse os estrondos das ondas teimasse o marasmo em inutilizar qualquer criatura, em amolecer-lhe o espírito, com uma indolência sem fim, inutilizá-la. Dir-se-ia ainda que a doença do sono infestou essa ilha, todo o mundo daqui já foi mordido pelo mosquito que inocula para matar.

Não adianta, quem chega a essa ilha se torna preguiçoso, sem querer nem saber porque se entrega à malandragem. Não precisa muito tempo para que o indomável vá adiando os seus planos, vá o trabalhador contumaz deixando para amanhã tudo o que a sua imaginação havia concebido e a sua força de vontade arquitetado.

Besteira reagir, se vier prevenido pior. Amunheca ainda mais depressa, desiste de vez. Entrega os pontos muito antes dos outros, moleirões que nada queriam com o trabalho, confessa-se derrotado como aqueles que chegaram incrédulos, por saberem que a ilha maltrata quem sua, castiga quem gosta de suar dando duro, não arredaram uma palha, quietos esperaram que os coqueiros frutificassem.

Também não vale a pena adubar a terra que é quase toda de areia mesmo longe do mar. Perde tempo quem a revolve, joga dinheiro fora quem a enriquece com qualquer adubo químico. Até a bosta do guano se desmoralizou nas entranhas dessa ilha retalhada por cercas. Nenhum clorofosfato a amansou.

Por aqui somente coqueiros vicejam, somente deles e para eles são esses quilômetros que nenhum binóculo consegue atravessá-los, vê-los todos.

Forragem para o gado vem de fora; para os porcos chega milho do continente e os legumes que os intermediários vendem são de proibitivos preços, de tão caros perdem o sabor. Tudo é caro nessa ilha que nenhuma geografia registra. Os cocos que são armazenados em galpões recobertos por telhas vermelhas, a miúdo desencadeiam atritos e malquerenças. Os intermediários, umas pestes. Prestam-se a tudo. Quando não conseguem que o governo force a baixa do preço da tonelada, tentam o suborno, compram um proprietário, induzem-no a vender toda a colheita de um trimestre por preço condenado, muito abaixo da tabela; tudo isso falcatrua, malandragem de escol porque na realidade aquele que vendeu coco, mais barato, recebeu por fora gorda recompensa, sem dar recibo ganhou polpuda gratificação.

E os sem-vergonhas vão-se sem deixar rabo; esperam que se lhes fale, se lhes suplique pelo rádio-amador que comprem a mercadoria prestes a apodrecer. Mas se alguém faz essa asneira logo fica desmoralizado, porque os intermediários replicam e replicando afirmam não quererem comprar nada, por ora nenhum negócio lhes interessa com a ilha. Salvo... e lá vem outra chantagem... se o preço for quanto e não tanto. Preço ainda mais baixo do que aquele que serviu de isca.

Em ocasiões como essa quem não tem dinheiro se arruina, por falta de capital torra tudo, por não ter crédito vende a propriedade por uma ninharia.

Depois que estou aqui ninguém fez semelhante burrice, felizmente nenhum de nós se venalizou, prestou-se a bandalheira.

Contudo um alemão tentou fazer chantagem. Levou na cabeça, por uns tempos ficou sendo visto como coisa ruim.

Queria o alemão uma cooperativa, que nós criássemos uma cooperativa com presidente e tudo. Aparei-lhe as unhas. Antes da reunião ser marcada, ali na beira do cais quando esperávamos um cargueiro, contive-lhe o ímpeto. Não queríamos trapalhadas. Não éramos bestas para dar de mão beijada a nossa liberdade de iniciativa. Não queríamos discursos nem procurador de nenhum instituto vivendo às nossas custas. De cooperativa para sindicato era um pulo. Pesados os impostos já se nos afiguravam pesadelos.

E deixamos o alemão, todos demos as costas ao fanático que apostou na vitória da Alemanha; fomos para o outro lado, do cais; arrastando os pés com moleza, distanciamo-nos do homem louro de Düsseldorf e ficamos do lado esquerdo das ondas que suspendiam o navio do casco preto como se estivesse dando formidáveis socos.

Em dia incerto atraca um navio e uma vez por semana o molhe se empretece de canelas de negros que alcançam o tombadilho constantemente retesas, suadas. Descreio outra raça agüentasse semelhante trabalho, se prestasse a substituir guindastes carregando nos ombros sacos de cocos sem casca.

Por causa do guindaste o governo não teve nenhum voto, ninguém da ilha sufragou candidato de qualquer partido nas duas últimas eleições. Falei aos minguados eleitores, com poucas palavras abri-lhes os olhos, seríamos uns idiotas se continuássemos votando em indivíduos que só sabiam prometer, apenas durante a campanha eleitoral se lembravam de nós.

E demos uma boa rasteira nos demagogos, deles não recusamos as carteiras de cigarro, agradecemos sem servilismo as garrafas de cachaça e fomos ver o cinema ao ar livre depois do comício.

Naquele ano o alemão ainda não queria ser nada.

Depois num canto de página eu li num jornal independente que a justiça eleitoral devia atentar com o comportamento dos eleitores da ilha, nossa ilha que apelidaram de Madalena. E prosseguia a notícia elastecendo as nossas orelhas, incrível nenhum eleitor houvesse deixado de votar e todos os votos tives-

113

sem sido em branco. Concluindo o redator interrogava: "seríamos clarividentes por descrermos dos representantes do povo ou conjurávamos em massa o regime ou analfabetos todos nós éramos?"

Ri-me, sem Sônia ver-me de boca escancarada, continuei rindo como se tivesse visto alguém cair, esborrachar-se no chão depois de escorregar. Ainda gosto de rir-me assim. Nada com a vida dos outros eu tenho, pouco me importa que o meu vizinho bata na mulher, contudo chego a asseverar que por aqui todo o mundo vive em concubinato, ajuntado como a negrada faz.

Um padre veio e voltou com as mãos abanando: em seguida desembarcou um capuchinho que falava alisando o queixo como se suas barbas fossem fios de tear.

Gracejando, disse a Sônia ontem à noite, que passasse a ferro o seu melhor vestido. No primeiro vapor chegaria o Bispo para casar a nós todos, casar-nos, batizar e crismar ao mesmo tempo os filhos pagãos de cismáticos relutantes.

E Sônia fingiu acreditar. Então, não tive outro recurso: chamei-a de besta. Mas na realidade a besta sou eu.

Sônia se fanou antes do tempo, precocemente rugas bordam-lhe as órbitas e apesar do negro de seus cabelos, terminam-lhe as faces num cansado queixo. Por mais indulgente que eu queira ser só vejo destroços na fisionomia desta mulher que vive comigo há mais de dez anos.

Não consigo mais descobrir o encantamento que os seus olhos retinham. Deixei de sentir o morno sadio de seu hálito e agora a sua boca são frouxas carnes que não contivessem sangue, recobrissem sem vida seus ossos cansados.

Da metrópole lembro-me da Rua da Alfândega, onde ainda faço transações bancárias, todavia por não sentir saudades durante todo esse tempo do continente, presumo que não estou bem, alguma doença deve fustigar-me, em recessos deve ela ter se instalado afligindo vísceras que maltratam meu corpo com dores esparsas, reticentes indisposições. E eu começo a entortar Sônia. Quando grandes não lhe acho os pés, verifico que as suas pernas são curtas, desproporcional o nariz que avança retilíneo. Sinceramente, assusto-me com as exigências que, agora, comandam a minha consciência. Não sou o mesmo, deixei de ser aquele que induziu Sônia a fugir, sem querer a maltrato, pondo defeito em tudo que ela faz — eu a faço sofrer.

Sônia ainda não chorou, tem-me por enquanto como um arreliado que sentisse o peso da solidão. É comum por aqui dormir-se contente e se despertar com o diabo no corpo, sem se saber porque deixar-se a cama com raiva de tudo. Porém a insatisfação não perdura, dissipa-se como surgiu e antes do sol afoguear nuvens já o sujeito se encontra refeito, livre daqueles humores que lhe envenenaram o espírito.

Depois de sufocar a solidão embalada. A daqui faz isso — experimentem-na, se duvidarem. Solidão que termina empurrando o mal-humorado para o coqueiral que não necessita de cuidados; e no meio daqueles troncos que não se aprofundam em areias sujas, encardidas, sombreando com seus leques ululantes léguas inteiras — não há quem resista.

Esquece-se mais uma vez da indolência que amofina, esquece-se da vida sem pressa que atrofia e, instintivamente, se recomeça a olhar cocos deformando cachos, a olhá-los com amor como se a escritura do coqueiral houvesse sido feita momentos antes.

E principiando-se a multiplicar algarismos depois da imaginação abarrotar galpões com os frutos que o vento ainda balança, a avidez do lucro fácil se apodera do coração da gente.

Ganância sem travo, prudência que não inflige temor é a rotina de quem vive desse comércio de cocos, porque as transações não assustam, transmitem ao dono do coqueiral uma sensação de estáveis negócios.

A mercadoria se valoriza com a alta do câmbio, a inflação amparando uma minoria, mata de fome quem nada possui, revolta aqueles que tudo compram. Mas eu não tenho nada com isso. Se agora eu me aborreço é porque não me entendo, pela primeira vez me desconheço.

E esse meu atual estado de espírito não foi se avolumando, aos poucos se enegrecendo, ficando corroído devido a um veneno de efeito tardio. Acinzentou-se sem aviso prévio. Instalou-se de chofre. Acinzentado. Nebuloso.

Pela primeira vez implico com uma pessoa sem motivo. Não compreendo porque embirro com Sônia, sem discutirmos começo a vê-la rabugenta, sem causa justa sinto aversão por essa mulher que deu as costas à civilização, por minha causa deixou tudo. Eu sempre acreditei nessa renúncia de Sônia, que ela fosse amor e amizade jamais sôfregas, nunca duvidei.

Todavia, sem eu cheirar coisa podre minha venta se envenena. Estarei doente ou tenho razão de duvidar que Sônia é uma carcereira? Que foi Sônia quem conscientemente me prendeu, durante todo esse tempo, foi ela, somente ela a causadora desse meu singular exílio. Que ela dissimulando todo o seu ciúme conseguiu me aprisionar nessa ilha, viver desse comércio que me enriqueceu, e estimulando a minha avareza, conseguiu o impossível, obteve o máximo ao ver-me sem sentir vontade de gastar depois de rico.

Que Sônia aceitou a minha proposta como prêmio, escutou as minhas amorosas promessas ocultando a íntima alegria de seus olhos ao mesclá-la de espanto!

Visando permanecer apenas meses encontro-me nessa ilha há anos; nem uma vez reverti ao Rio de Janeiro durante todo esse tempo e sequer pensei nas bebedeiras das vésperas de Natal. Telegramas? Só os de negócios. Nem cartas comerciais me preocupam.

O que eu vendo não se bitola nos trilhos da prestação. Desconfio das letras promissórias. Pode fugir, pode morrer, pode ser safado o devedor. Fiado não faço transações. Sempre negociei assim. Num banco da Rua da Alfândega o comprador deposita o dinheiro, caução exigida dias antes de receber a mercadoria. De tudo o rádio-amador me põe a par. Nenhuma maroteira. Inacreditável, todavia eu enriqueci sem roubar. Também incrível que uma mulher como Sônia pudesse ser tão talentosa, soubesse fingir tão bem e suportasse o fingimento durante todos esses anos, com tanta eficácia pudesse me engabelar durante todo esse tempo.

Oh! como essa Sônia soube me conhecer, melhor que eu próprio soube essa Sônia como eu me deixaria levar e aceitaria essa vida de bicho se de três em três meses os lucros do coqueiral se sucedessem, duplicassem! Oh! como essa Sônia habilmente contribuiu para a multiplicação das minhas posses; Sônia costurando, lavando e cozinhando almoços esquentados no jantar essa sonsa me cativou e cativo eu fiquei de suas manhas ao ter certeza de que somente uma Sônia me ajudaria a ficar milionário, nenhuma outra mulher se sujeitaria a viver como Sônia!

Ah! solércia de mestre, hein... Eu acreditando na renúncia de Sônia, amando a Sônia que não se empolgava com a civilização, vendo-a sempre a querer o que eu queria, a tornar-se rica como milionário eu queria ficar.

Eu jurando fosse Sônia amor e amizade — jamais sôfregos; jurando ainda Sônia houvesse nascido para me arrancar da pobreza, fosse Sônia uma mulher formiga de raça extinta. Quanta tolice, quanto engano! Confesso envergonhado ter sido eu um parvo perante Sônia.

Porém somente agora reconheço que não estou doente, atinando somente agora toda a minha frustração anterior.

E se eu fosse afeito a confissões teria até vergonha de narrar a um padre, mesmo a um frade que pela primeira vez me escutasse — vergonha de narrar a seqüência de ódios que me compelem ao assassinato. Sem dúvida tomarme-ia por um mentiroso que até se confessando perjurasse, descaradamente mentisse.

Ter pressa nessa ilha é asneira, já disse. Mas se eu não estiver equivocado amanhã será dia de vapor. Então, encomendarei ao comandante um rolo de cordas. Quero-o novo. Só serve assim. Se estranharem a ausência de Sônia já tenho uma resposta engatilhada. Claro, desconcertante. E com prazer começo a esfregar as mãos...

*　*　*

Vivo esfregando as mãos. Somente agora adquiri esse hábito de esquentar os dedos esfregando uns contra os outros e continuo a fazer isso como se eles estivessem sempre molhados e toalha não houvesse ao meu alcance. Não sei porque eu não me canso de atritá-los. Isso mesmo. Desconheço a origem desse prazer que de súbito me dominou e a dominar-me durante toda a última semana vem me avermelhando as palmas. Acredito até dormindo continuo eu a fazer o que faço durante o dia, pois desperto com as mãos escalavradas qual um lenhador.

Trouxe o comandante o rolo de cordas sem atinar com o meu propósito. Essa não foi a primeira vez que a ele solicito favor. Era um presente, disse-me. E não consegui demovê-lo, de forma alguma quisera o comandante aceitar o pagamento do entrançado de fibra que, ainda, se encontra na despensa sem ser desfeito.

Sônia estranhou o meu comportamento. Com voz mansa repliquei que não estava louco. Se não parava de esfregar as mãos era devido a uma coceira que se danava quando eu deixava as mãos desunidas.

Não queria nenhum remédio, já havia sofrido dessa moléstia quando era criança. E por isso havia levado cocorotes de minha mãe que viu no esfrega-esfrega mais uma das minhas implicâncias. E a doença desaparecera como surgira, por encanto eu havia deixado de sentir aquelas comichões que me beliscavam. Não insistisse, voltasse para a cozinha com o litro de éter canforado, não queria ficar com as mãos molhadas nem sentir cheiro de coisa alguma. Era eu ou ela que estava sentindo o sangue volver ao coração sem irrigar as polpas dos dedos?

E revendo a decadência do corpo de Sônia, decadência que me enchia os olhos com a frouxidão das carnes de seus braços, sentia não poder recuar, teria mesmo de matar a mulher que engordou e gorda lembrava um ventre em gestação.

Os pés achatados pelo peso das pernas, o queixo sendo devorado por uma papada que invadia o pescoço gordurosamente dividindo-o. Outrora limpos, os olhos embaçados, tão doentes como a obesidade que lhe aleijou os seios. Seios sem firmeza, tão repugnantes quanto as coxas que mesmo estando separadas escondiam o sexo.

Joelhos inchados pela gordura que lhes tornou redondos os dedos à maneira de salsichas.

E ontem à noite constatei toda essa enxúndia, quando Sônia trocava o vestido pela camisola eu me espantei vendo toda essa disformidade que ressonava ao meu lado, sonhava na mesma cama em que eu dormia.

Levantei-me, para apalpar a gordura que me oleava a visão deixei a cama. Estaria eu doente dos olhos, seriam verdadeiras todas aquelas banhas?

Retribuiu Sônia o meu abraço e se não fosse a sua voz, voz aveludada, morna voz da época do nosso namoro, se não

118

houvesse escutado aquela antiga voz que musicava meus ouvidos com a ternura de poucas palavras — acredito tivesse estrangulado Sônia, com as minhas mãos tivesse comprimido-lhe o pescoço, mesmo sem o auxílio da corda a tivesse deixado desacordada, bem morta.

Mas eu nada fiz, mesmo vendo-a depois dormindo eu tive vontade de possuí-la, mais uma vez morder-lhe os lábios momentos antes fedorentos para o meu enjoado nariz.

E com mão de cego apalpei-lhe as costas na escuridão do quarto procurei-lhe os cabelos que se enroscaram nos meus dedos, macios como algodão.

Sônia dormindo, insensível às minhas carícias que se detiveram em seu ventre antes de entediá-la toda, de percorrer toda a sua epiderme como uma formiga sem rumo.

Profundo sono de quem não tem pecado, sono de quem dorme sem pensar na vida era aquela Sônia respirando sem pressa, dormindo de banda, sem pesadelos nem ofegar.

Acordei com a frouxa claridade da madrugada banhando-me o rosto e revi o sono da silenciosa Sônia abandonar-lhe os membros numa placidez, somente encontrada na pureza de crianças mortas. E voltei a enterrar os dedos nos seus cabelos, sempre algodão sem caroço.

A claridade se firmava, já intensa transpunha ela as vidraças e enxotando sombras arrancava dos móveis a escuridão da noite.

Eu começava a inquietar-me. Aos poucos sentia volver a vontade de matar Sônia e já começava a querer asfixiar a mulher que desnuda tinha a coberta amarfanhada nos pés.

Desci os dedos até ao seu pescoço e comecei a apertá-lo, a apertá-lo como quem enforca sentindo prazer. Devagar, sem pressa como se eu me demorando a matá-la viesse a sentir um prazer nunca conseguido.

A manhã se anunciando firme, trazendo-me o sussurro dos coqueiros de cabeleiras enormes.

Nada de Sônia estrebuchar, nenhum gesto de quem se defendesse partia do corpo que esfriava as minhas mãos.

Recuei, saltando da cama como um gato assustado eu comecei a sentir vergonha de querer matar a quem morrera dormindo.

E um súbito calor me esquentou as faces como se eu estivesse sob um sol ardente.

Não me recordo do que se passou em seguida, todavia devo ter estirado a corda entre dois troncos de coqueiros, que serve agora para dependurar roupa, secá-la lá nos fundos do quintal. Roupa da mulher que dormia com o alemão, roupa da minha nova amante que ainda não sabe de nada, nem desconfia de mim, jamais chegará a induzir pudesse ser eu um assassino que não matou devido a um mero acaso. Fatalidade antecipada.

Sussurram pela ilha que o alemão se vingará, dentro em breve me dará um tiro. Não me assusto. Também não é de minha conta que presentemente esteja o alemão dormindo sozinho. E avanço coqueiral a dentro multiplicando mentalmente, sem lápis nem papel, números que dentro de três meses serão somas de lucros certos. Ao cruzar uma cova rasa não me lembro de Sônia, sim, da areia que entrando pelo cano da bota me magoa no tornozelo.

Açoita o vento as areias secas e escutando ondas se quebrarem sobre os sargaços do mar de ontem — eu prossigo a caminhar olhando tudo com atenção, como se o meu coqueiral estivesse à venda, fosse eu um pretenso comprador e nunca, nunca mesmo tivesse conhecido Sônia nem passado por cima de sua sepultura rasa.

LUCAS

Enfermaria aprisionando Lucas à cama de ferro recende a jardim aguado e o estrume subindo do chão com cheiro de curral entra pelas janelas, provoca náuseas às ventas de Lucas que cobre a cabeça com o lençol sujo, encardido, amarrotado há uma semana.

Quando a sede aperta o pretume da mão, às cegas, tateando a caneca faz esforço, cansa-se de procurar a quartinha de barro.

Não adianta gritar, chamar a enfermeira que tem nome de rima, Margarida torneada, pintada, sempre de boca vermelha, papoula às bochechas como se quisesse esconder a palidez de seu rosto, afugentar a tristeza de seus olhos, espantar o sono de seu plantão.

Lucas se revira, afunda a cabeça no travesseiro, mas não consegue dormir, o esterco do jardim ensopado pela chuva tem força de amoníaco. Escuta o carrilhão do corredor, monótono, pesadão, martelar as horas com música. Vislumbra a porta. Margarida, vulto de madrugada, não a transpõe, não vem fazer ronda nem lhe enxuga a testa suada, porejante.

"Se não fosse o desembesto do cavalo"... lágrimas de seu olho esquerdo como se fora um somítico conta-gotas. Geme com fraqueza, bocejos lhe afrouxando os membros como se os braços, as pernas estivessem cansados de tanto colchão. Acende um cigarro, é proibido doente fumar de noite, depois do silêncio que

121

começa após o jantar. Pode sofrer queimaduras, provocar incêndio pegando no sono com o cigarro aceso. Fuma outro, a carteira toda, vendo animais nos desenhos de nuvens correndo através dos rasgões das janelas acaba com as mortalhas.

O sono teima nas pálpebras crescidas, atormenta Lucas que não quer ficar vendo janela aberta durante a noite.

Margarida no quarto do médico desabotoa o avental como se fosse tomar banho, ensaboar-se, a *lingerie* sobre a cadeira, montão de peças rendadas, cheias de bicos às costuras paga a prestação, comprada a crédito. Atende aos moribundos, a quem vai morrer e pede vela à mão. Estriba-se no regulamento, escuta lamúrias como se escutasse um choro de vento a correr pela enfermaria, fileira de camas pregadas no assoalho.

Disse-lhe o médico ninguém vai morrer e Margarida nua, volúpia e frêmito se entrega ao amor, cede mais uma vez ao médico que é casado, pai de três filhos e mora num palacete, à beira da praia do mar de Ponta Verde.

Lucas grita pela enfermeira, acorda os outros doentes que também começam a berrar como se fossem grávidas mulheres prestes a parir. Solidariedade, apenas solidariedade à insônia de Lucas, angústia nos olhos esfregados, sangrentos de tanto esperar o sono.

Lucas já contou a todo o mundo do hospital a queda do cavalo. Ouviram-no calados, embrulhados nos cobertores de uma tarde tiritante. Desconhecia a enfermeira de doentes de ossos quebrados. Pela primeira vez se misturava com pernas engessadas, braços em armaduras, pescoços imóveis na rigidez da ortopedia. Frisou a traição de Olga, cabrocha de porta e janela, enganando-o dentro de uma casa de tijolos, casa caiada, mobiliada, num outeiro descampado toda branca mesmo quando a noite era breu. Viu, muitas vezes viu o usineiro Nicanor esporeando o baio, num trote de passeio se sumir na trilha aberta à grama por cascos ferrados. Culote de mescla, camisa de xadrez passar defronte de sua casa tocando à aba do chapéu, cumprimento reservado. — Passeando — concordava Olga debruçada à janela, o sol se pondo, escurecendo os outros morros lá por detrás cordilheira agreste com espinhaço retorcido.

122

— Podia também ter ido caçar — aventura Lucas sentado à soleira, a brisa sem conseguir pentear seu pixaim retinto, engrolado.

— Nem pensei nisso.

— O rifle poderia ser uma garantia.

— Mais um enfeite — dizia Olga que não acreditava em emboscada, Dr. Nicanor não tem inimigos, estava dando passeios a cavalo, pernas engolidas pelas botas reluzentes..

Lucas ficava tomando fresca, descansando da subida do morro, vendo lá embaixo o bueiro da usina vomitando fumaça. Trabalhava à fornalha, chefe das máquinas onde ardia a bagaceira num calor insuportável. Observava os instrumentos, controlando os ponteiros que oscilavam nos mostradores envidraçados, distantes da caldeira incandescente. Macacão aberto no peito, cigarro na beiçola que se escancarava rouquenha quando respondia no meio do barulho enfadonho do dínamo.

O apito das sete horas ensurdecia Lucas, doía-lhe a cabeça, estremecia-lhe os ombros apertados por Olga no amor da noite comprida. Sonolento entrava no banheiro, sem pressa, como se não tivesse o que fazer deixava a porta aberta, o vento da manhã balançando a saia de Olga, arregaçando-lhe a chita das coxas. Com o gosto de café à boca palitava os dentes do pão mastigado, ladeira abaixo vencendo a distância de grama que morria perto do portão por onde ele entrava para ver, ficar vendo o dia inteiro ponteiros diversos, de tamanhos vários, marcando números, mostrando algarismos, Lucas começava a fumar.

Uma vez por semana tomava o trem, Olga chupando rolete no vagão de primeira classe, cabelos assanhados entrando no hotel, batendo calçadas de Maceió, comprando às lojas de tabuleiros de retalhos. As férias da usina eram assim. Toda a semana um dia de folga, Maceió destino certo, meia hora de trem bufando e freando, velocidade diminuta, parando à estação. Lucas saltando de braço dado com Olga que adorava cinema, também se sentava nas poltronas do Deodoro para ver teatro de companhia do Rio de Janeiro.

Lucas batia palmas no número do prestidigitador, aplaudia com força o samba de breque cantado no intervalo, cortina fechando a boca do palco com o vermelho franjado do veludo.

Tinha o vício de comprar bilhete de loteria, gasparino dobrado, escondido à carteira que se sumia no bolso do paletó, cobrindo-lhe o coração que batia, batia feliz no peito despreocupado. Podia ser premiado, a esperança lhe coloria os sonhos e projetos modestos lhe enchiam de riso a dentadura completa, areada com folhas de tabaco.

Olhava Olga e se aquietava num mutismo de negro satisfeito. Olga quase branca, mulata de cabelos espessos, bem-feita de corpo e de modos discretos era mulher dele, do negro Lucas que se esquecia de sua cor, não tinha inveja de branco, o amor de Olga afugentando de seu pensamento qualquer malquerença com a vida forçava-o a sorrir.

Apagava a luz do quarto do hotel, amava à cama de casal o corpo quente de Olga que queria um filho, ouvir choro de criança dentro de sua casa, brancura de paredes no outeiro da usina.

— Muita tristeza eu sozinha!

— Tá certo — e a força do negro Lucas fazendo o filho que se perdia todo o mês.

— Se eu mandasse chamar minha irmã?

Negro Lucas pedindo calma, talvez no mês seguinte Olga tivesse de comprar novelos, senti-los macios às suas mãos de crochê.

— Não escuto ninguém. Sozinha nesse cocuruto.

Lucas deu-lhe um rádio, ensinou Olga a procurar estações rodando *dial,* afugentava tristeza, nem precisava comprar jornal, tanta notícia do mundo inteiro!...

Domingo de tarde esportiva escutava transmissão de futebol, junto de Lucas que gostava dos times do Rio de Janeiro, de ouvir gols no berro do *speaker.* Olga às vezes revirava revistas, velhas páginas a lhe mostrar artistas de cinema, a atenção perdida em pensamentos vários.

Bom era ir ao baile de Fernão Velho, voltar de madrugada, o caminhão roncando na poeira. Tinha vestido novo pra mostrar, os pés pedindo requebro das ancas estampadas. Via-se suada no pescoço embriagado, excitado de tanta cerveja que a animava a cantar letras da orquestra de estrado.

Depois do jogo acabar ia pedir, lembrar, dizer a Lucas botasse gravata, vestisse o terno engomado. Panamá boca estreita, calças vincadas.

Acendia o cigarro, a revista no chão lambida pelo vento, Olga no alpendre escanchada à rede, descuidada, mostrando as partes pra potência do sol; a usina com seus moradores de vila, no sopé residindo e não podendo ver nada de Olga cavaqueavam.

Olga tomava banho no quintal, água de bica de cano grosso a ensopar-lhe os cabelos, descendo-lhe pelo corpo como uma mão que soubesse lavar, gostasse de acariciar mulher bem-feita. O sabão de côco espumando na pele morena, empapando de espuma uma Olga toda lírica, que cantava com trinados debaixo do jorro era uma prolongada higiene.

— "Pobre sem filho é miséria" — perfumava-se, nos cantos das orelhas, no queixo, nos bicos dos peitos, nos sovacos rapados o cheiro do frasco exalando essência que provocava Lucas, levava Lucas pra cama macia. Apetitosa se mostrando Olga aguardava. Tinha direito de ir ao baile. Era só terminar o jogo. Ia pedir.

A rede gemendo nos armadores do copiar. Vaivéns de ponta de pé, Olga pensando no filho que algum dia viria Dr. Nicanor demandar à casa-grande, esporeando o cavalo afastar-se do outeiro, rifle furando o lombo da sela, Dr. Nicanor tocando à aba do chapéu como se estivesse afugentando varejeira.

No fogão de lenha o assado amornava. Tudo limpo na cozinha onde Olga passava ferro avivando brasas de carvão com sopros de bochechas que se arredondavam e se cavavam. No meio da sala o vento lambendo a revista, estalando-a como se tivesse dedos.

Tinha direito de ir ao baile. O pensamento levando Olga, empurrando Olga pra dentro de uma greve, onde Lucas não podia fazer nada, mãos abanando, encurralado à casa alugada de Bebedouro depois de correr do comício, escafeder-se da Praça dos Martírios, jardim de repuxo do Palácio do Governo. Um operário morto, estendido à calçada, sangue no peito lembrando despedaçada rosa. Faixas, cartazes abandonados no pânico da correria perseguida, dispersada por baionetas caladas, tiros de fuzil de alça de mira fazendo alvo, apontando pra matar. Que vida danada! E tragou o cigarro, baforando expelia o vício.

Já no tempo da greve Olga queria um filho, vivia pedindo um filho a Lucas que coçava a cabeça, encaramujado num silêncio de quem estivesse escondendo, não quisesse dizer à Olga que uma cuja da Têxtil deixou de ficar de pé defronte dos teares os últimos três meses de sua gravidez, por causa dele, dele que estava ouvindo tudo calado, sem defender-se, assuntando um passado amoroso sob o sereno da calçada.

— "Vida de pobre sem filho é miséria!"

A mesma voz de anos atrás ferindo a noite, morrendo, alertava, prevenia.

— "Talvez no mês que vem você esteja comprando cueiros, bordando babador."

A rede da sala de visitas chorando nos punhos como se já estivesse balançando uma criança pelada, pegando no sono a escutar música do balanço maneiro. O pé de Olga no cimento da casa de Bebedouro se sujando no calcanhar, empretecendo-se. A casa às escuras. Melhor pra apreciar o luar leitoso.

Certa vez Lucas contratou um caminhão. Os cacarecos iriam pra uma usina, Lucas e Olga à boléia escutando o chofer, cheio de inveja por quem ia trabalhar à usina do Dr. Nicanor. Usina Tridente montada por gringos que ficaram ensinando os caboclos, cabras de pés descalços até eles saberem como deviam moer a cana, lidar com os instrumentos de precisão. Mecanismo moderníssimo, aço alemão que não se enferrujava, à primeira vista, complicado, difícil.

Lucas recortara o anúncio, apresentara-se no escritório da usina, na mão de seu braço preto a caderneta. Exigiam filiação de sindicato, registro do Ministério do Trabalho.

O caminhão, radiador aberto salpicando o capuz, calçado nos pneus da frente com pedaços de pau, parando no outeiro num crepúsculo de domingo. Olga a se lembrar como se não tivesse outra coisa a fazer.

A rede onde Olga se balança num embalo de quem quer ficar tonta, e tonta ficar tentando, implicando com Lucas, com aquele balanço doido de rede, os armadores rangendo alto, irritando Lucas que escuta o jogo. A ponta dos dedos dos pés de Olga fazendo buraco, cavando o chão, Olga despenteada e malcriada espera o jogo termine.

126

— "Ah! Se não fosse a queda do cavalo. . ." modo de dizer gíria do ofício do negro Lucas que distraído encostou os dedos num fio de alta voltagem. Deitado num colchão de hospital, vendo animais exóticos no algodão das nuvens, descansando o coração numa posição de repouso. A provocar distúrbio, acordando operários fraturados que também queriam Margarida, enfermeira que se despia para o médico abraçar, esquecer-se da mulher que lhe dera três filhos. . . Olga não podia visitar Lucas, proibida por Dr. Nicanor de vê-lo de pijama numa enfermaria de gesso, de paciência. O coração de Lucas havia levado muito choque. Mas Olga não se amofinava ao saber Lucas a chamava de ingrata, cruel mulher que só sabe dar desgostos. Apenas uma apreensão a lhe remoer a consciência.

— "E se ele me abandonar, não quiser mais saber de mim?"

O cavalo baio do Dr. Nicanor descendo a grimpa, como se tivesse sido ensinado deixando marcas de ferraduras na trilha da grama, Olga outra vez sozinha, despenteada pelo vento a se lembrar das promessas do usineiro, das carícias do Dr. Nicanor que lhe prometia conforto, amparo, amá-la todos os dias naquela solidão imensa.

— "Não fica sozinha não. . . Não fica sozinha não. . ."

O chapéu tocado num gesto conhecido, esperado, como se Dr. Nicanor tivesse petelecado varejeira ou qualquer inseto, chapéu surrado se sumindo dos olhos de Olga, pés descalços no terreiro bebendo cachaça, espantava a frieza do banho de bica. Olga logo mais nuinha, sabão de côco espumando em sua pele morena, o jorro de água fria lavando seu corpo, limpando-o da poeira, deixando-o bem bom pro Dr. Nicanor usineiro da Tridente, que lhe respondia:

— "Não fica sozinha não. . . Não fica sozinha não. . ."

A noite se fechando num capuz azulado perfurado de estrelas. Encostada a porta de Olga. Noite e dia encostada.

Era só o Dr. Nicanor empurrar. . .

LOURAS VADIAS

Tranças de borboletas azuis nos laços de fita correm na tarde do farol e mais ainda correriam os cabelos trançados se as terras do morro não fossem escavões.

Ninguém sabe como se chamam as duas louras do faroleiro barbudo, ninguém pode afirmar se as bailarinas de saias curtas são doces no falar porque seus vultos são distantes belezas jamais encontradas na rua da ladeira empinada.

Belezas de rostos gêmeos, duplamente rosados e alegres, tão alegres que o mar conseguiu esverdear-lhes os olhos. Com sol rompe-nuvens as pernas das filhas do faroleiro se agitam e rodam, rodam correndo uma atrás da outra com ganância de aposta.

As cordas da lavadeira enchem de cor a tarde do morro, insuflada pelo vento a pobreza dos vestidos se agita, mas nem do vento nem das cores nem da miséria assustam as irmãs de pés descalços porque primavera são os seus braços, movimentos de dançarinas, gestos de quem busca correndo, de quem brinca dançando.

Carlos Rocha quis mas o grupo escolar não abriu as portas pras suas filhas que chupavam caramelos. Carlos Rocha foi ao hospital mas em nenhum leito cabia sua mulher, lavadeira de chitas multicores, com uma fibroma para uma saca-rolhas de cirurgião. Ainda quis Carlos Rocha uma promoção e em vez de dinheiro deram-lhe uma solitária obrigação: vigiar as bolas sangrentas das bóias ondulantes, olhos do mar que avisavam os pescadores, gente das lagostas navegando em demanda dos arrecifes.

Carlos Rocha fingia desistir, costas ao azar e comprou cartilha para as estórias de trancoso de suas trepidantes louras, sempre correndo, sempre pulando no cocuruto do morro deserto.

Minervina esperou, paciência de sobra, escutando a soletragem das filhas com aquele tumor de falsa gravidez a lhe estufar a barriga, esperou que a sua alma não se deformasse vendo as filhas aprenderem a ler. O peito de Carlos Rocha a guardar rancor no coração desesperado. Sua memória se lembrando de talheres, de pratos nos banquetes de copo de cristal, quando brindavam com discurseiras a usina de seu pai.

Suas calças curtas roçavam em rabos de saia de decotadas mulheres, mulheres lhe beijando as bochechas da infância. Naqueles instantes Carlos Rocha se imaginava adulto, no seu pescoço via uma cor de gravata que seduzisse, chamasse a atenção de uma mulher mais bonita pro seu namoro.

Casar-se-ia com uma morena de pernas grossas, seria também um usineiro de chapéu-do-chile, envergando roupa branca de linho brilhante.

Anel no dedo só pra dizer que universidade não molestara a sua inteligência.

Todavia, acabara na janela de Minervina, lá em Ponta Grossa onde somente dava pobreza, miséria. Casara-se no subúrbio das surras distritais, seus passeios de lua-de-mel foram às margens da Manguaba, lagoa de mucilagem preta, lama comendo gente quando a maleita se zangava.

Minervina costurava pra fora na Singer de mão, voracidade de costureira comendo carretéis. Costureira de funcionárias estaduais, salários de saltos cambados que pagavam as encomendas em prestações.

Minervina sabia da desgraça de Carlos Rocha, não ia com o advogado que prometia ganhar a questão, entulhada de despropósitos. A usina que matara o pai de Carlos Rocha, nem pra lembranças de domingo, quando, ela, Minervina sonecava num sono que chegava macio, dolente.

Apegava-se aos carretéis de linhas de sua Singer. Não queria sonhar com os milhões da usina, milhões do pai de Carlos Rocha, usineiro jogador viciado no pôquer, embeiçado por mulheres que bebiam champanha nas madrugadas do amor. Milhões hipotecados, a usina sob penhora podendo-se libertar dos credores somente na cabeça do advogado que falando muito boquirroto borbulhava fantasias como se num carnaval estivesse. Advogado em quem Minervina não acreditava, mesmo quando ele lhe mostrava vales de jogo de baralho, pedaços de papel garatujados pelo falecido estróina. — "Dívidas de jogo não compelem herdeiros a nenhuma obrigação." E concluía: — "A senhora vai ver. A decisão final será a meu favor. O Supremo Tribunal Federal botará abaixo o acórdão dos desembargadores daqui."

Minervina o escutava com o pensamento longe, olhando pro advogado sem ver-lhe as feições, como se estivesse escutando um impertinente o recebia. Escutando por escutar o advogado, que também não via a Singer tampouco enxergava os retalhos se emaranhando na cesta sugerirem cobras estranhas.

A folhinha da parede caía se despetalando do cromo numa tristeza monótona.

O advogado voltando no mês seguinte, prometendo a mesma surra no Tribunal de becas cor de urubu. O Supremo daria uma lição nos velhotes, além de empacados, tendenciosos.

Dessa vez Minervina atenciosa. Café pro advogado, interesse à decisão da validade das garatujas, perguntas se sucedendo visando sempre o mesmo dinheiro, os milhões da usina de bueiro vermelho, em pendência à justiça, milhões que outros queriam pro resto da vida.

Carlos Rocha empregado, depois de matutar meses seguidos, pediu um aumento de salário e ganhou o jogo de espelhos do farol como insônia que desse lucro.

O dia inteiro dormindo, sem ouvir a Singer de Minervina rodando à manivela de cabo suado. Sem escutar nem ver a agulha deixando pontos de costura nas encomendas de prestação, aceitas por sua mulher até de noite.

Carlos Rocha somente com o dinheiro dos cigarros, Minervina sabendo que o bilhar não viciava mais Carlos Rocha, jamais o derrotaria nas apostas das carambolas do pano verde, tirava do nariz pedaços de meleca.

Mudar-se-iam para a casa do Farol, não pagariam mais aluguel, o ordenado de Carlos Rocha também não seria perdido nos esporões de galos de briga.

Carlos Rocha noite inteira vendo o Farol varrendo de azul, de vermelho as águas do mar escuro com os seus fachos de compasso.

Carlos Rocha bebendo café pra abrir os olhos que se sumiram nas pálpebras cansadas. Tomando cautela. Tendo cuidado pra não adormecer durante as noites de seu silencioso emprego.

O antigo faroleiro fora demitido por causa disso. Pegaram-no roncando. O fiscal da capitania dos portos o encontrou de boca aberta nuns sonhos que não eram de âncora.

O bule de café, natureza morta de flandre, esquentando Carlos Rocha, saindo do abafador numa mágica de pobre. Minervina acordando de madrugada para ver o marido alerta. Nada de descuidos, deixar pra lá...

Carlos Rocha precisava das cédulas do emprego noturno. A sua primeira loura ia nascer. Horas depois a outra também teria cabelos dourados.

Carlos Rocha sem poder mais contar com a Singer de Minervina, empoeirada num canto de mesa, silenciosamente inútil, num adormecimento de ferros e aços.

As duas louras a berrarem à frente do pai que começava a pensar de novo no bilhar, nas apostas de rinha.

O advogado insubmisso subindo a ladeira do farol pra repetir as mesmas coisas. A sentença do Tribunal seria derrubada pelo Supremo. Não tivessem dúvida. Ele só queria a comissão estipulada pela lei. Vinte por cento. Mais nem um níquel.

Carlos Rocha lastimava as apostas miúdas perdidas nas ferroadas de seu galo vermelho. A Singer parada, as duas louras sugando Minervina qual esponjas que não tivessem poros.

O vento varrendo o morro solitário com uivos de animal ferido. Imutável o farol de cores fortes. Carlos Rocha em desespero. Uma facada no advogado resolveu a comida de um fim-de-semana.

Azuis e vermelhos os espelhos ensangüentavam o mar com suas rajadas, farol bicolor flechando o mar da noite, seqüências de luzes amestradas colorindo a escuridão.

Carlos Rocha somente a rememorar insucessos.

As duas louras crescendo pro bailado das tardes de correrias descalças, dançando o corpo nas pernas ágeis de contornos perfeitos. Alegrando o morro com gargalhadas de suas carnudas bocas.

Minervina procurou o advogado de coração sensível. Mas a protelação do Supremo lhe avacalhara o espírito, enchendo-o de descrenças; ele perorava, pornografia único vocabulário de sua jurisprudência. Ele morreria de velho e o Supremo ainda não teria julgado... — afirmava convulso, afobado.

Carlos Rocha amofinado com a fala vencida da suada Minervina.

Nunca mais voltaria à usina. Nunca mais veriam o bueiro furando nuvens que corriam baixas, perto do chão.

Mas lendo um jornal Carlos Rocha ficou sabendo da viagem do Governador. Com idéias aguçadas, ligeira sua imaginação viu à vingança o fim do seu inimigo, seu único inimigo, aquele jogador de pôquer, parceiro de seu pai, agora jogando com os destinos do Estado no Palácio do Governo.

E Carlos Rocha esperou o regresso no iate. Viu muito bem quando o barco todo de branco, pintado a óleo, ficou entre os dentes dos corais, arquipélago de pedras escuras que o mar havia limado.

Viu e não se cansou de ver a proa destroçada, esburacada sendo lambida pela maré-cheia, engolfada pelas ondas. Ondas violentas, enormes vagalhões a submergirem a proa, por fim o mastro a lembrar por instantes a serra de um espadarte que mergulhasse.

Carlos Rocha havia mudado as bóias de lugar. Bem longe dos arrecifes elas ficaram esperando à noite. Mais sete dias o Governador era uma missa.

PENDÕES

Alba acordada na madrugada quente nem vê a janela do vento quieto. Pensa, continua pensando, pensando sempre no encontro do dia seguinte. Tem jóias pra vender. O dono do cassino aceitou o negócio e por isso Alba não quer dormir, o sono não lhe fecha o pensamento sempre aberto para a transação, visando dinheiro numa insistência de quem não quer outra coisa, Alba coça o queixo.

Não é a primeira vez que Alba vende jóias. O dono do cassino já comprou de Alba braceletes, brincos, anéis que lhe enriqueciam os dedos com as frias arestas das pedras chamejantes.

Todavia, Alba ainda não se acostumou com a emoção desse negócio apalavrado a meia voz, cochichado, com desfecho de hora marcada.

Alba acordando amanhã nem precisará abrir a janela que aberta já se encontra pro vento silencioso da madrugada sem voz. O fim da noite encontrará Alba de pijama, acesos os olhos que olham verde pro mundo são lanternas doces. Fica sempre assim. Deitada à cama, espichada no colchão toda a noite que não lhe consegue empretecer os pés tampouco os cabelos, ondas de um louro revolto no branco de seus ombros tratados, massageados, trescalando perfume.

Alba filha única de um usineiro continua embelezando o quarto que ninguém escuta. Até a manhã se levantar, até o verão

135

de um sol sem nuvens se firmar nas horas de calor — Alba será sempre uma loura de olhos verdes à espera do negócio, à espera do café que uma empregada de linho engomado lhe servirá em bandeja de prata. Depois, o Jaguar de guidom preto levará suas mãos pra cidade numa corrida sem freios. Danassem-se os guardas de apito de multa, ficassem anotando a vida toda o número de seu Jaguar fugindo nas pistas de asfalto escaldante. O dono do cassino mamando cachimbo de fumo perfumado trancava a porta, fechava a janela antes de ver as jóias, examinar as pedras, fortunas frias de beleza estonteante.

Silêncio de quem estivesse roubando, negócio de emudecidos que terminava em pacotes, pacotes de dinheiro contados, recontados por Alba.

Lembra-se Alba da conversa do jardim. O dono do cassino lhe daria dinheiro, pros seus braços, pras suas orelhas, pro seu pescoço voltariam os colares, os brincos de garras encrustadas, os diamantes dos pedantifes de ouro velho. Tudo isso e mais dinheiro pra sua bolsa de fundo aveludado.

O nariz de Alba sentia o cheiro do cachimbo rico, os olhos verdes de Alba viam a boca de milhões se vergar, apoiando-se em pedidos implorava cada vez mais.

Sem querer o dono do cassino Alba perdia fortunas.

A ditadura apoiava a jogatina de imposto fiscalizado. Na Urca a roleta de lucro certo pagava sem pena *shows* de atrizes retumbantes. O dono do cassino queria dar tudo a Alba que somente visava o dinheiro de suas jóias, vendidas num escritório fechado, de luz baça.

Não queria se juntar a ninguém. E foram pro jardim onde Alba começou a ver o rosto do dono do cassino se contorcer em novas súplicas, avermelhar-se em impertinências, cansar-se de tanto pedir a Alba naquela manhã de enseada tranqüila.

Num molhe o tombadilho de um iate sustentava mastros embandeirados.

Daria a Alba também o iate de cabines espaçosas. Reparasse no tombadilho confortável, visse bem o timão dos passeios, olhasse a âncora, no fundo do mar depois dos cruzeiros regados a champanha.

Olhando a praia Alba era distância. Nem queria ver as espumas que teimavam embranquecer gente que o sol tostava. Alba somente queria continuar fazendo negócios com o dono do cassino. Ganhar dinheiro vendendo-lhe jóias. Ridículo ouvir declarações de um velho pançudo, boçal, grisalho, milionário de circunstâncias que bajulava o Ditador do Catete, não cobrando nada de seus parentes que se sentavam amiúde às mesas do *grill*. Se escutara o meloso banqueiro era porque ainda tinha muita coisa pra lhe vender. Vendia aos poucos. Nada de demonstrar ganância. Convencia-se de que o dono do cassino era uma presa de seus desejos, mamulengo de suas mãos virgens. Sabia do desejo do homem. Enquanto o dono do cassino a quisesse, insistisse em amá-la, Alba não deixaria de vender-lhe adornos. Vender-lhe por preços proibitivos, vender-lhe num câmbio negro as suas jóias, todas as jóias de sua mãe que respirava na Usina Pendões numas férias de mulher de usineiro.

Não quisera a usina por isso mesmo. Preferia ficar à Gávea, no Rio passaria o verão, verão de carnaval, de praia, de danças em boates sombrias. A mãe de Alba perguntando de lá da Pendões, cartas nuns vaivéns de correio aéreo que até enjoava. Alba sem dizer nada do dono do cassino, falando de outras coisas, sempre silenciosa quanto aos negócios que lhe rendiam fortunas. Depois de esbulhar o banqueiro ela diria tudo, contaria a trama do embuste, golpe bem-feito no velho conquistador.

Sabia-o assim. Enfeitiçado abria a burra, que corresse o dinheiro sem conta pras mãos da amada de beleza inconteste.

Alba tranqüila, sua mãe ao ver tanto dinheiro não teria chiliques. Compraria outras jóias e dinheiro ainda seriam pacotes ante seus olhos atônitos, quase sempre tranqüilos e verdes no alourado de sua face.

O pai de Alba continuava vendendo açúcar, atarefado à úsina de bueiro vermelho nos tijolos de luxo, Usina Pendões de léguas de sadias canas, canas adubadas nas terras pretas de seiva forte. Não precisaria saber de nada. Tomar conhecimento do lucro da Alba de voz macia. Poderia intervir, achar feio, tachar de desonesto o negócio aceito pelo dono do cassino apaixonado da Alba que dormia sozinha num silencioso quarto de um bairro milionário.

Se Alba quisesse nem a sua mãe precisaria ver os pacotes de mil cruzeiros, cor de laranja, cor de abóbora, cor de tomate maduro dando vida a gavetas de pau-marfim. Era só trancar o guarda-roupa, esconder as chaves da cômoda até adquirir jóias idênticas, iguais, do mesmo quilate, mesmo feitio numa joalheria de judeus. Encomendar ao judeu jóias de desenho idêntico, de idêntica cor nos quilates dos diamantes.

E o dinheiro que sobrasse não aguçaria a desconfiança de ninguém. Sempre tivera dinheiro, nascera rica, única filha do usineiro da Pendões com depósito de milhões em diversos bancos. Desde criança seu nome figurava num cadastro bancário. No dia em que nasceu seu avô pôs em seu nome, no dela de cabo a rabo uma fortuna a juros inalienáveis. Somente Alba poderia fazer do dinheiro o que bem entendesse. Depois criando-se à casa-grande, crescendo e admirando sempre os canaviais que a fornalha engolia, interessando-se pelas turbinas de aço que davam força às máquinas possantes da usina. Maquinaria que não fazia poeira, maquinaria conservada e limpa com manchas de kaol em sacos de estopa. Usina comedora de bangües alastrando-se qual um rio descontente, ávido de outras margens, de outros leitos.

Alba interna em colégio de freiras falando francês, pedindo em francês esmola pros santos, em francês lhe ensinavam um mundo de sutilezas. Fragmentos. Humanidades de pinceladas rápidas pagas pelo seu pai com cheques robustos, grossos de cifras. Nas férias a Usina Pendões mostrava a Alba outros verdes de canaviais vicejantes. Então Alba se esquecia do Rio, da casa da Gávea, e corria, corria e desembestava nas corridas de cavalo, com rebenque e espora apostava com o vento. Esquecia-se dos namorados, nem se lembrava dos enlevos, dos fins-de-semana, quando conversíveis à sua rua buzinavam, chamavam-na buzinando. Deixava-se bronzear pelo sol da piscina da usina, queimar-se pelo mormaço de uma Alagoas distante.

Longe de supor conhecesse um dia o dono do cassino que comprava jóias, bancava nas roletas, no pano verde; banqueiro que destemia números cercados de fichas; sem imaginar viesse algum dia a ser amada e pretendida por um velho, que intimamente se sabia enganado, quando lhe dava dez, trinta, cem vezes

138

mais o valor das jóias, que podiam ser adquiridas por quem tivesse dinheiro em qualquer joalheria de luxo.

Alba se divertia com o coração do banqueiro. Procurava-o para atormentá-lo, somente aturdi-lo com a beleza de suas pernas, de seu corpo, todo ele leveza de fêmea invulgar. Fêmea plumosa, lépida, fúlvida.

Judiava-o com as suas mãos que o procuravam sempre cheias de jóias, nem olhadas mais por ele, que somente queria amá-la, retê-la com outras promessas e outros incalculáveis presentes distribuídos pela sua magoada ânsia.

Alba ficou sabendo que o dono do cassino conhecia seu pai, da fortuna do usineiro da Pendões o banqueiro tivera conhecimento, antes, muito antes, de vê-la, pela primeira vez, quando entrou no seu escritório com uma saia e blusa de quem fosse pedir emprego.

Manhã de faxina, cadeiras de pernas pro ar no cassino de tapetes, lustres, *shows* de mulheres de olhos de rímel que cantavam músicas apertadas em plumas de calçolas coladas, pernas à mostra.

Acreditou numa reclamação. Objeto perdido. Chamaria o *maitre*. Não se aborrecesse. Era de confiança o seu testa-de-ferro, a sua casa primava pela decência. Iria ver. E o hábito não o traiu. Enumerou, citando nomes, objetos devolvidos a pessoas que perdiam coisas à pista de dança.

Alba sem pressa pra falar, ouvindo com seus olhos verdes o dono do cassino perguntar-lhe o que perdera, o que era, tinha algum indício que facilitasse o reconhecimento do objeto perdido?

Alba mostrou-lhe as jóias. Eram suas. Se as quisesse comprar não lhe perguntasse nada. Podia exigir isso. Eram suas mesmo. Se ele não se interessava, outros teriam opinião diferente. Procurara-o porque quisera. Ninguém o havia recomendado. Também não era segredo que ele comprasse jóias, pagando-as à vista.

O dono do cassino quis saber da idade de Alba. Com menor não fazia negócios. A justiça era dura nesses casos. Sentia não poder atendê-la logo. Num canto da boca o cachimbo fumava alto.

Alba mostrando documento, retrato carimbado, letras firmes escrevendo seu nome comprido à carteira de identificação da polícia.

O *maitre* negando, não havia encontrado nada. À pista de dança ninguém perdera coisa alguma.

Insistia o dono do cassino que Alba bebesse uísque, amarelasse a boca com a bebida forte. Fazia bem num calor daqueles. Alba assentindo, demonstrando tato, como se soubesse e pudesse querer, concordava. Achava boa a conversa do dono do cassino que a olhava com apetite, pedia-lhe o telefone, queria saber o endereço de sua rua asfaltada.

Um cheque havia fechado o negócio. Bebiam porque queriam, as janelas abertas do escritório invadidas pelo sol raivoso de dezembro, deixava o vento do mar lhe desarrumar os cabelos. Alba se comprometia a dançar no *reveillon*, sentar-se com o dono do cassino numa mesa onde beberiam champanha, às cabeças cones coloridos de papelão festivo. Serpentinas de suas mãos cruzariam o salão quais inofensivas cobras.

À tarde daquele dia Alba ao abraçar a mãe se negou a rever a usina. Somente depois do carnaval iria galopar às terras de seu pai.

Amanhã Alba venderá jóias. Serão as últimas jóias a ser vendidas pela Alba que não consegue dormir à véspera de se encontrar com o dono do cassino que se finge homem de negócios, até adquirir os brilhantes. Depois volta a ser o mesmo conquistador que não se poupa, que se exaspera e investe porque quer agarrar Alba, porque quer se casar com a Alba de olhos verdes. Já se desculpou por lhe ter sugerido um concubinato. Perdoasse-o. Estava fora de si. Alba já ouviu isso. Amanhã escutará a súplica que a transforma numa mulher por demais necessária aos braços do potentado banqueiro.

Há semanas se repete esse jogo, há quase um mês ela procura a Urca de cassino à beira-mar, todavia amanhã um último cheque se escurecerá nos recessos de sua bolsa importada. Couro de búfalo que ruminava desatento.

Com o seu Jaguar Alba não faltará ao encontro, irá ver o dono do cassino, vencerá ao banqueiro que quer se casar com ela as últimas jóias de seus braços, de seu pescoço, de suas orelhas que ficarão por enquanto sem as pérolas de sua adolescência.

Entretanto se ele tentar beijá-la sairá da sala como tantas vezes já fez.

Um dia casar-se-á. Não sabe com quem. Talvez, com algum banqueiro, que tenha à roleta dos empréstimos a mesma mágica da multiplicação dos milhões.

No silêncio do quarto aceso Alba sorri. Coça o pé do pijama curto. Olha-se no espelho enorme da parede pintada e mais uma vez se convence de que o seu próximo negócio não lhe trará dissabores. Seu pai certa vez lhe disse que a usina queria envelhecê-lo. Venderá, a um milionário, especulador da bolsa a Usina Pendões com todas as suas terras de canaviais viçosos. Já sabe onde ele mora. É solteirão, alto e magro e gosta de loura dos cabelos cacheados. Abre o catálogo de telefone, sublinha as três dezenas com tinta.

O prenúncio do nascer do dia se delineia glorioso com a cor ativa de um sol tremendo que rompe, desnuda a penumbra de todo o horizonte sonolento.

Alba antecipa sorrisos de quem vai realizar o que quer, na cabeça encasquetou alegria e gargalha pra si mesma no silêncio do quarto. Faz o que bem entende, faz o que quer. Tem consciência de suas habilidades. Ajeita o travesseiro de suas costas. Um de seus ombros, o esquerdo, não estava bem acomodado na espuma alfazemada do lastex.

Somente não atina por que não consegue dormir, fica, permanece sempre insone toda a noite à véspera de negociar. Fica acordada sem qualquer angústia mas também sem os sonhos da madrugada.

Emoção? Talvez sim... talvez não, definitivamente não lhe convencem o sangue e o pulsar de seu coração tranqüilo, confiante.

Breno Accioly *é considerado o melhor contista de Alagoas e um dos maiores do Brasil. Não resta dúvida que o autor comentado e elogiadíssimo de* João Urso *merece a láurea que tão cedo conquistou.* Gilberto Freyre *foi o primeiro que alvissarou o Nordeste, ao proclamar que* "Breno Accioly *se junta com sua mocidade cheia de promessas e de realizações aos que, no Brasil, vêm enriquecendo, nos últimos quinze ou vinte anos, a literatura psicológica.*"

Temperamento estranho, anômalo como o das suas atormentadas personagens, é contista que se apraz, sadicamente, em envolver o leitor numa constante atmosfera de horror e sofrimento, no pesadelo acordado de todas as angústias humanas.

Com uma vocação irresistível para o gênero, aprofundou-se na sua técnica e nos seus mistérios, tornando-se um mestre.

Breno Accioly *desapareceu aos 45 anos de idade. Nasceu a 21 de março de 1921, em Santana do Ipanema, e faleceu em 1966, no Rio de Janeiro.*

Era formado em Medicina e leprólogo.

Publicou: João Urso *(contos), Rio 1944;* Cogumelos *(contos), Rio, 1949;* Dunas *(romance), Rio, 1955;* Maria Pudim *(contos), Rio, 1955;* Os Cataventos *(contos), Rio, 1962.*

Deixou um romance inédito: Izabela.

SUMÁRIO

A chama da angústia humana 5

1. João Urso 11

2. As agulhas 23

3. As três toucas brancas 37

4. Na rua dos lampiões apagados 45

5. Condado de Green 49

6. A valsa 61

7. Sentença 71

8. Dois enterros 79

9. Jaguaré 83

10. Damião 99

11. Madrugada 107

12. Eu vou enforcar Sônia 111

13. Lucas 121

14. Louras vadias 129

15. Pendões 135